おまえは行け
ぼくは突拍子もなく高い樹のてっぺんに登るから
おまえはぼくの頭上を
さらに高く高く飛んで行くのだ
おまえはふりむくな

そうしてぼくは
おまえを追いつづける

現代詩文庫　226

思潮社

國井克彦詩集・目次

詩集〈東京物語〉から

装幀・菊地信義

詩篇

詩集〈ふたつの秋〉から

詩

おまえはふりむくな
ぼくが騒々しい連中をみているから
黙つて眠れ
夕やけのようなぼくの背中よ

おまえはふと考える
ぼくとこうしてとなりあつていることを
遠い国でみてきた樹のことを
そうしてへたへたと
ぼくと一緒にベンチに腰を下ろすな

おまえは行け
ぼくは突拍子もなく高い樹のてつぺんに登るから
おまえはぼくの頭上を
さらに高く高く飛んで行くのだ
おまえはふりむくな

そうしてぼくは
おまえを追いつづける

長い長い貨物列車の機関士の眼

長い長い貨物列車の機関士の眼が
都会のはずれで
宙に浮く
そのひかるものに
かれは知らん顔です
えんえん
どこまでつづいているのか　れーるにも
落ちていないかれの眼
まつくらな　風景です
風景です

ぼくの風景です

長い長い貨物列車の機関士の眼は
でぽーとの空たかく　消えてゆき
びるの谷間に　消えてゆき
もう帰らない
てれかくしにも
わらわないかれと　ぼくと
不用意に
お友だちです

こつけいなじけんは
ぼくの歴史にのこり
ぼくはあかんべをし
せんりようされ
いやいやをし
あらそいは　永久につづきます

秋について

あおい空の　したには
東京の　みしらぬ住宅地があつて
さびしい板塀の影をふむと
おまえは　いつも
いつさんに逃げていつた

十五のとき　せたがやの
それは下馬だつたり
中里だつたり
あるいは名もしらぬ　路地だつたが
あかるい　その秋から
おまえは　いつも
いつさんに逃げていつた

どこへ　逃げていつたか
おまえは　透明な空へ
かえつていつたか

どこへ　消えていつたか
だれも　ぼくも
探しようがないのだつた

東京に　ひとりぽつちでいると
秋はどこから　ことしも
やつてきたのか
ぼくらのうえに　でんと　もう
かぶさつている
そうしておまえは　ぼくの
背中だつたり　影だつたりして
つかまえることのできない
へんなものになつて
遠い　あぜみちのように
いまはまるで
黙りこんでいる

あおい空の　したに
ふたたび　よこたわつている

東京の秋
この秋が　また　まちがいなく
去つてゆくとき
ぼくらの十代は
終るのだ

ぼくにも　語らないおまえと
おまえにも　語らないぼくは
だれも　いなかつた
十五のときにもまして
えんえん
やがておりてゆかねばならない
ひつそりと
おまえも　ぼくも
実はおりつづけてきた　ぼくらの階段を

親しい　ぼくらの
季節の驢馬にまたがつて

少年のうた

少年ははしつていつた
秋へむかつていつさんにはしつていつた
秋は少年の肩にくずれ
ほろほろと世界をつつんだ

みしらぬ街には垣がつづき
なかはなんでもない家々だつた
ずらりならんだ日本の家に
かれは小石をひろつてなげた
またひろつてなげた
ひとり　かれはなげつづけた

どうしても
おもいだすことはできない
たとえなんにもあらわれなくても
かれのからつぽの背なかやじやりのような本籍地
はたのような隣人の顔を

かれはおもいだすことはできない
かれの血は小石となつて
みしらぬ町の家々のなかへなげこまれる
みしらぬ町の家々のなかから
たとえなんにもあらわれなくても

星はふり
むすうにふり
とんとろろ　とろろん
ねむりの妖精たちが
おかしく舞いながら
かれの背ぼねにはいりこむ
森のなかのすすけた塔のような
しろい時間であつた
そうしてかれはとつさにおもわねばならなかつた　どう
　しても
ビルディングについて
足もとの冬について

なぜおもわねばならなかつたか
だれもこたえはしなかつたが
ねむりからさめたとき
なんのまえぶれもなく
かれのなかには廃墟の町にむかつて吠える犬がおり
かえらぬ星のような
とおくをみつめる眼だけが
ぽけつとの底にころがつていた
にぎりしめても
少女のにおいさえしなかつた

かれと電車

赤い子供や
きいろの子供が
さかさにはしつているよ
小さなゆらゆらだね

電車は工場地帯をはしります　氷のもみの木にもならないのは　労働のはてのかれのおもいです

かれをのせて　扁平なかれの胸をのせて　電車はちよつぴり田んぼをながめました　家々や空のうつつているどこかとおい田舎の　なんでもない池のようなしずかな田んぼを

電車のいちばんうしろにのつているかれは　れーるをながめます　わたあめの棒のようにすてられた二本のれーる　しだいにのび　しだいにみえなくなり　せんたんは　かれのこころをかたく拒むようにかがやいているだいだいいろの夕やけの空のなかに　吸いこまれてゆきます

小さなゆらゆらだね
小さなゆらゆらだね

かれはかれのこころをたしかめながら　足のまめの大きさなどをおもいだしています　もろもろというにはすく

なく　またすくないというには深いかれのこころの穴ぼこを　リュックにつめてのろのろあるいてきたかれ自身のように　電車は駅ごとにまけずかなしくふくらんでゆきます

かれは感じました
電車は感じました
それぞれに重たくひきずっている
背中のリュックを
れーるのようなとおい日からの深いかなしみと　ひとりぽっちの覚悟のように
そうしてかれらは都心へ都心へとはしります

（『ふたつの秋』一九五九年思潮社刊）

詩集〈灰いろの空つめたい雨〉から

花

ぼくは知っている
花がそこに在ることで
花はかなしみをたえている
くらいひとつの部屋が
昨日のようにひろがっている
花が花の香りに
おちてゆく

花がそこに在ることで
花が枯れてゆく
ぼくはすばやく見た
ぼくのうしろがわで
ぼくが枯れる

ぼくは見て知ったのではない
もうだれもいなかった
何の音もなかった
どこへともなく雲がたなびき
沈む太陽に赤ちゃけていた
花がぼくを支えていた

ぼくは何も見なくていいのだった
何も見なくて
ぼくらは丸くなっていった
地球のように
挨拶のように

二月の空

そこに立って
声をだすのはおよし
そこに立って

笑うことなどみっともない

二月の空がぼくのうえにある
可愛いひとからみえないということは
だれからもみえないということは
ぼくからもみえないことだ

とおい日
だがぼくはみた
ぼくがまだ生きているということが
そのなによりの証拠にならないなら
ぼくは死んでもみせよう
この二月の空のしたに

ぼくがぼくに言う
そこに立って
声をだすのはおよし
そこに立って
笑うことなどみっともない

おまえ・ぼく・そしてぼくら

おびただしい出血のあとにぼくはこんなことばをえた
おまえ・ぼく・そしてぼくら
三つのことばたちが冬の風の小さなうずまきのなかで
おちばやちりあくたとともにくるくるまわったりした
やがて正気にかえったぼくは歩きだしたが
どこをみても　ぼくのせなかのように
ただまるい風景ばかりだった
いまいちど
ああ　だがいまいちど言おう
ぼくを生きさせたおまえ
おまえは名もない野の花のように
いつか枯れ　またいつかしずかにひらく
だがほんとうはぼくのみえないどこかで
おまえはうたいつづけた
そのためにぼくの額にしわがきざまれてゆく
そしてぼくはみた
大きな冬の海がぼくの腹のうえにある
うねうねとぼくをいたみつける海
ばらばらと降る星
おまえと　幼ないぼくとの出会いは
くらいなぎさであったり
耳たぶであったりした
花のいのちは短かくて
ぼくのいのちはなお短かい
だが巨大なぼくらのいのち
うたかたの波のまにまに
千年の樹にみのる果実をうずめて
ぼくらはまた戻ってくる
おまえ・ぼく・そしてぼくら
おびただしい出血のあとにぼくはこんなことばをえた
ことばたちが一月の風の小さなうずまきのなかで
おちばやちりあくたとともにくるくる舞っている
だがいまいちど言おう
いまいちど
ぼくらのほんとうの風景は
もうどこにもないが

だれがみてもぼくはもう狂人ではなかろうが
ぼくを狂わせたおまえ
おまえは皮をはがれたパイナップル
おまえはかんづめの空かんのなかで焼き殺されたイナゴ
そしておまえはバナナのタネだ
ぼくはむしゃむしゃとたべ
むしゃむしゃむしゃむしゃ
口いっぱいの快感がぼくをしびれさせた
そしてぼくはみた
手にいっぱいの空がぼくにのしかかる
あおくひろがる南国の空が
ごしごしとぼくを犯す
こうしておまえとの出会いは
野にあおむけのぼくに突然おとずれる
ごしごしごしごし
だが必然のようにぼくは身をまかせていた
花のいのちは短かくて
ぼくのいのちはなお短かい
だが広大なぼくらのいのち

うたかたの雲のまにまに
千年の樹にみのりし掌中の果実をなげて
ぼくらはまた戻ってくる
おまえ・ぼく・そしてぼくら
おびただしい出血のあとにぼくはこんなことばをえた
ああ　だがいまいちど　いまいちど

灰いろの空つめたい雨

灰いろの空
つめたい雨
冬のおわりに
ぼくにふたたび
まだあの氷る唄がよびかける
ぼくの氷る唄は
ぼくの街
ぼくの花

ぼくの冬
ぼくの椅子
だがおまえにはみえない
おまえの形ばかりの
明日になど
みえない

ぼくの街は
どうしてもそこになければならなかった
ぼくをどうしても包んでいった
ぼくは街に泣き　街に溶け
ぼくは街に死んでゆくはずだった
ぼくは街に死にたかった
だがぼくは街に死ななかった
街は意味のない枝のうごきにも
泣きだしそうな空を持っていた
街はゆきずりの小さな少女にも
ほほえみかける樹を持っていた
ほほえむ建物　泣く建物

じっとしている樹　ゆれる樹
そして名もない橋　ぼくの友だち
だがおまえにはみえない
形ばかりの
おまえの明日になど
それはみえない

ぼくの花
ぼくにきえない点
枯れやすく　消えがたく
孤独に生きるぼくの花
花から世界は拡がり
花から川が生まれ
花から空が拡がり
花は四季のはじまり
花はぼくを生み
花はぼくの街を生み
花が涙をつくる
花が死をつくる

花が憎しみをつくる
花が誤解をつくる
そして花は花のうしろがわに
花自身を持つ
花は枯れやすく　消えがたく
だがおまえにみえない
とりわけ形ばかりの
おまえの明日になど
ぼくの花はみえない

冬は季節のはじまり
冬は世界のはじまり
冬はぼくのはじまり
冬は街に住む
そして世界は
冬のうしろがわに
ぼくのうしろがわに
街のうしろがわに
意味のない樹々の梢の

その先の空のように
とおいためいきのように
いまもある
とおい街そのもののように
とおい涙そのもののように
くずれるようにいまもある
世界はぼくをよぶ
世界はぼくとぼくの真実をよぶ
世界はぼくらをよぶ
必然的に
泣くようにかれはよぶ
ぼくの椅子がよぶ
さびしいぼくの椅子がよぶ
だがぼくは言いたくない
だがぼくは書きたくない
だがぼくはぼくの内部にむかって
ぽつねんとしたぼくの椅子にむかって
きみたちの行為をうったえよう
強い人たちのほこらしげな顔を

ぼくはみたくない
強い人たちのほこらしげな顔に
うかんでいる卑劣さをみたくない
愚劣なちっぽけなくろいかげをみたくない
法律よりも
世界人権宣言よりも
ぼくのあのとおい椅子が
しっかりとぼくをちからづけてくれるだろう
ぼくのさびしい椅子がよぶ
ぼくの椅子がぼくとぼくの真実をよぶ
椅子はぼくとおまえをよぶ
椅子はやさしくぼくらをよんでいる

灰いろの空
つめたい雨
冬のおわりに
ぼくにふたたび
まだあの氷る唄はよぶ
ぼくに街はよぶ

ぼくにぼくの花がよびかける
ぼくに冬がよぶ
冬は世界をつれて
そしてぼくの椅子はよぶ
必然的にぼくらをよぶ

おまえよ
やさしかったおまえよ
ぼくにも　どんな人にも
小さなヒメジオンの花や
生命のないものにまで
やさしかったおまえよ
ぼくの街のふところへ
ぼくの花のおくふかく
ぼくの冬　ぼくの四季
雄々しい波の音するぼくの世界へ
必然的に
泣くようにぼくをよんでいる
そうしてさびしいぼくの椅子へ

おまえよ　かえろう
真実の椅子に
真実　ぼくらはかえろう
かえろう　汽車にのって
ガタン
ゴトン
汽車にゆられて
ぼくらはかえろう

（『灰いろの空つめたい雨』一九六一年思潮社刊）

詩集〈海への訣れ〉から

静かな秋

静かな秋よ
ぼくの肩をやわらかく
つつまない秋よ
そうしてそこに在れ
いつまでもいつまでもそこに在れ
ぼくは一本の樹のように
まだ昨日のように立つ
一本の樹のように
葉っぱなどを枯らしてゆく

海をみる日

音もなく窓がひらいていった

海がひろがっていた
小さな島がすぐ眼のまえにみえる
島に小高い丘があり
子供たちがあそんでいる
大人がたいくつそうにそれをみている

風が青い
海が灰いろ
ふしぎにあかるいぼくを支える空気
ああ　なみだがあふれる

ぼくがみえない何かと完全に一致する
あのぼくの生まれ
ぼくの希み　ぼくの絶望
はるか昔のあのおもい
片田舎の家なみ
バナナの実る庭を出るとつづいている
イカリソースいろした路地

とめどなくなみだがながれる
ああ　こんなに泣けていいものか
ぼくにしかみえぬ馬鹿な風景
ぼくが生きているのは
この一瞬があるからなのだ
なみだは　あふれ
ぼくやぼくのおもいがねじまげられる
つい昨日のことなどが不可思議に見え
忘れはてる

風景は際限なくつづいてゆくかのようであった
不安定な空のしたで
たとえ夢であったとしても
ぼくはこんな夢をみたなどとは
だれにも言うまいと考えていた

約束

なぜあんな約束をしてしまったのだろう　しなくてもいいような約束をして　そのことを忘れて一週間が経った　いや　十日間であったか　一年であったか　それも忘れた　ただ　不なれな職場のようにゆううつな　濶歩する人のようにこっけいな　時間や風景がながれた　そして　その約束の日と時刻を　その約束の日　その約束の時刻の三分前に　突然思いだしたのだ

その時　ぼくは急病の恋人を病院へ送る途上のタクシーの中にいた　ぼくはとっさに運転手の首を絞め　殺したつもりで路上に放りだすと　病院とは正反対の方向である約束の場所へ車をとばした　七顚八倒する恋人を車に残し　ぼくは友人と再会した　ぼくたちは握手をかわし　肩をたたきあった　友人は作り笑いをするぼくよりも大げさに　しかも心の底からのように喜んだ

だが　約束は約束なのだ　とぼくは思った　ぼくたち二人は好きな酒をくみかわした　まるで詩人のあこがれのようにとりとめもなく　つかみどころもなく　酒はのどをとおっていった　夢みるような眼で　友人はフランスの詩人や画家のはなしをした　ぼくはこの世に存在しないぼくのふるさとをおもいながら　酒をのみつづけた

粘土細工のこと

ぼくはいつものように朝から粘土細工をしていた。何をつくるべきかよくわかっているつもりだった。ぼくのつくるべきかたちは「ユーキャ」とか「ワム」である。いつもそのかたちをゆめにえがいてつくるのだったが、完全な「ユーキャ」や「ワム」が出来たというよろこびにひたったことはない。「ユーキャ!」ぼくはある日叫んだことがあった。そのかたち「ユーキャ」によく似たものが完成したときだ。しかしそれは「ユーキャ」でも「ワム」でもなかった。匂いも、色も、やはりちがうものだった。出来あがったものを酒にひたし、太陽の下に置いてみた。だが、ますます「ユーキャ」や「ワム」のかたちとは程遠いものになるばかりだった。

「でこ坊工房」と名付けたぼくの部屋に、彼が訪れたのは、ある夏の日の午後一時頃だった。彼は東大、コロンビア大学出身で三十五才、一流会社の課長だった。彼は突然粘土細工がしたくなって、ひとづてに聞いたぼくの「でこ坊工房」に来てみたいという衝動をどうしても抑えきれなかったのだ。彼はある地方の大実業家の次男坊で、スポーツの万能選手。身長一八七センチ、体重八十六キロ。何もかも申し分のない男だった。四才から三十三才の今日まで、粘土細工以外のことは何一つ考えられなかった貧弱な体のぼくに、彼はどうしたらそれが上手くなるか、よく教えてくれと嘆願した。

ぼくは「ユーキャ」や「ワム」のことはだまっていた。それればかりか、ぼくは何一つ彼に話しかける事柄がなかった。その必然性もない。ぼくは「ユーキャ」と「ワム」のことでいつも朝から心がいっぱいだった。だが、彼は毎日「でこ坊工房」にやってきた。毎日毎日、朝から夜まで、ぼくたちは粘土細工をした。彼は、はじめのうちはぼくの眼をみて「夢見る少女のように美しい」なと歯の浮くようなお世辞を言った。そのうち、彼もぼくのように無口になっていった。そしてある日、彼は彼のつくっているもののかたちの名を叫んだ。「ピコポンタレンチューリア！」

ぼくは別におどろかなかった。師匠のようにおだやかに言った。「出来たのか？」。彼は首を横に振った。彼はやがて会社を馘になり、女房に逃げられたが、しかし、「ピコポンタレンチューリア」をゆめにえがいて「でこ坊工房」に日参した。「ピコポンタレンチューリア」をもとめる彼の眼は空しく澄んでいた。ぼくは「もうやめなさい」と忠告した。ぼくは「ピコポンタレンチューリア」が大して価値のあるものではないことを知っていた。なんてつまらない人生をおくる男だろうと彼を哀れんだ。

ぼくは「ユーキャ」や「ワム」という素晴らしいことの

世で最高の価値があるあのかたちをゆめにえがいて、黙々と粘土細工をつづけた。彼は迷える羊の如く、暗中摸索の作業をくりかえした。「ピコポンタレンチューリア」「ピコポンタレンチューリア」とつぶやきながら、彼はぼくのそばで日を送った。ぼくは「社会に復帰しなさい」と忠告した。忠告のたびに彼は悲しそうにぼくをみつめた。「君はなぜこんなつまらないことをするのかね?」とぼくはたずねた。「私は何も知らなかっただけだ。何も。」と彼は哀れっぽく答えた。

「勝手にしやがれ」とぼくは思った。ぼくの真似をするのは彼の勝手だ。「ピコポンタレンチューリア」や彼の人生なんか心配していられるかってんだ。ぼくは「ユーキャ」と「ワム」をゆめにえがいているだけで、それだけで忙しいのだ。大学なんか出て、課長になって、女房なんかもらっていたら、今ごろ彼のように「ピコポンタレンチューリア」などというつまらぬものの名をつぶやいて、みじめな思いをしたかも知れない、とぼくはふと思った。ああよかった。「ユーキャ」「ユーキャ」「ワム」「ワム」……ぼくは心でつぶやきながら、粘土細工をつづけた。

八回目か三回目かの夏がきて、彼は「でこ坊工房」に姿をみせなくなった。やがて彼が再就職をしたという風の便りを聞いた。だが、それはまちがいだった。彼は「ピコポンタレンチューリア」を大量に生産し販売する会社の社長におさまっていたのだ。義理人情の人のように、彼はある日、「でこ坊工房」を再び訪ねてくれた。「出来たかね?」と彼はぼくを見下ろして言った。世にも愚劣な「ピコポンタレンチューリア」の見本と、いろいろお世話になったと四百万円をぼくに手渡した。「これが君のもとめていたピコポンタレンチューリアかね?」とぼくはたずねた。彼は首を横に振った。だが、そして言った。「そういうことにしてある。」

もともと「ピコポンタレンチューリア」なんてつまらないものなのだ。それはぼくがいちばんよく知っているのだ。あんなつまらないものなんかくそくらえだ。彼はその「ピコポンタレンチューリア」でさえ完全にはつくれなかったのだ。平凡人がゆめを持つとあのていたらくだ。ざまあみろ。ぼくは「ユーキャ」「ユーキャ」「ワム」「ワム」といつものように心のなかでくりかえしながら、友人をキャバレーに誘ってやろうと内心わくわくしていた。温泉もいいだろう。

海への訣れ

そうして
ぼくは海と訣れた
もう若いたくましい肉体で
海を泳ぐことはないだろう
水平線の夏の雲の向こうに
きく音楽もない
すべてが終ったかのように
海への訣れを
かなしむ少女もいない

降りるべきひとつの階段を
降りるために降りたためしはなく
しかも　つねに降りつづけねばならなかった者たちよ
学業を放棄した友よ
約束された社員や課長の椅子を捨てた友よ
人妻への恋に破滅した友よ
君よ　ぼくの愛すべき友人たちよ
もう海へ行くな
痩せさらばえた身体で海を泳ぐな

夏の日の
海のある街は
ふしぎに静かだった
ぼくはその街を麦ワラ帽子とゴム草履で
よく歩いた
しかし　ぼくが歩いたのは
去年ではなく
二十年前ではなく

千年も昔ではなかったのか
ぼくが歩いたのは
海のにおいの街角を
ほんとうに通ったのは
少女もだれも知らないことなのだ

ああ　ぼくたちはよく降りたな
暗い都会の喫茶店の階段を
酒とタバコに黝くすすけて
あとわずかの時間を生きれば
必ずぼくたちにやってくる
いまわしい三十才代について語ったな
ぼくはぼくのみにくさに
啞然としてよく放浪した
その時君はぼくをつかまえて
ぼくの年令をたしかめたな

そうして
ぼくは海と訣れた

もうぼくは泳がない
碧い海を！
ぼくの耳は貝じゃない
友よ
もう海へ行くな
あそこには何もない
ぼくの日記帳もない
ぼくもいない

帰ってきたぼくの東京に
落葉が舞っていた
酒はグラスに満々と注がれた
バーは賑やかに更けていった
美樹克彦がうたっていた
若いホステスが狭い階段を降りていった

（『海への訣れ』一九六七年思潮社刊）

詩集〈わが即身成仏〉から

旅の報告

初めて見る花は道のない林のなかにあった
これは百科辞典で見たと記憶するキリンナツバナという
　花に似ているが
と言うのはほんとうは真ッ赤なウソで
キリンナツバナとは実はどの辞典にもない
私の心に咲いていたにすぎない
とにかく　それはキリンナツバナという名で
私とともに昔から在ったのだ
キリンナツバナのキリンは動物のキリンらしいが
ナツはハルナツアキフユのナツなのか
懐かしいのナツか判らない
キリンナツバナをはっきりと意識したのが夏の近い頃だ
　ったから
ハルナツアキフユのナツとも考えられるが
だからナツカシイのナツとも言える
誰の百科辞典にもない花との出合いで
ひとり旅ゆく私はその夜宿へ帰ってもなかなか眠れなか
　った
私だけが見た花
人知れぬ再会
僅かな風のなかのあの小さな白い形状は
やはり幻覚だったのか
人に話しても信じてもらえないだろう
もともとキリンナツバナは
私のなかにしかなかったのだから
山のなかの宿にもボウリング場ができて
かすかに騒音と人々の嬌声がきこえる
血を売って生きるよりも血を舐めて生きることは辛い
だが正当化することと弁解は私はいっさいしないぞ
と弁解を頭のなかで繰り返し酒をのむ
あの花のことは

下界に帰って誰になんと告げようか
ほかのことはいっさい黙していても
あの花のことだけは言わねばならない気がする
と思いながら
人々の騒ぎを耳の奥で渚のように聴いていた
持続するこんな気の抜けた音もあったのか
人の世は意外にかんたんな仕組みなのだ
この世では見えない花を見てしまった昼
とどのつまり私は筋書どおりの人生を生きている気がした
ある者にはたぶんこっけいなことなのだろう
このまま眼覚めなければ
露に光るキリンナツバナは私とともに永久に消えるだろう

だが　私は眼覚め
人の世におりて生きているていたらく
この旅以来　また思うばかりで
キリンナツバナを確実に見ることができないでいる

嗚呼。
「出づるな森を、出づるな森を、死せるごときその顔を
　保て、出づるな森を」*
そうしてやがて死ぬのだ
友も死んだ　三十七で　二十七で　二十四で　十九で！
彼らはもちろん　この世の誰も知らないキリンナツバナを思いながら
また長い旅の計画をしている
私はいなくなる

＊若山牧水歌集「死か芸術か」より。

青春の言葉

なぜあなたは喋っているのですか
黝い海を前に
風にふかれて
こうしてじっとしていればよいのに…

都会の喫茶店に戻り
あなたは黙った
私は　海を前にしたあなたの
あの虚しいことばを思いだしていた

消えたことばと海の風を追って
私は黙って思っている
「あなたはなぜ喋ったのですか」

牛

人間がこの世でいちばん恐ろしい動物である
と言うといかにも幼稚な発見のようだが
全く私は余りの恐ろしさに　そのとき
声をたてることも逃げることもできず
黝い地面を見凝めていた
私は牛で　これから確実に人間の男や娘に殺され
食べられる運命にあったのだ
つまり　牛になって数人の人間に捕えられた夢を見たの
　だが
以前にも　山羊になったり水鳥になった夢を見た
そのときも　いちばん怖いのが人間だった
有無を言わさず殺される存在だから
こんなオソろしさはない
いざ殺されんとするとき
なぜか海の音が聴こえ
人間の背後に碧い空が見えた
光る白い雲があった
フロイトの言うこれが云々とか
精神分析学では精神病理学ではどうのと　たぶん言いだ
す
その人間共の発想の根拠からして
恐ろしくてならない
夢からさめると闇
夢からさめて　なお怖ろしく
私はクロい土の上に見えないものを見つづけた

懐かしき　と敢えて言う
私は私
あの私を生かした温度よ
また秋の終りだ
暗い　関東平野の夜はあくまで深く
あくまで黙して　私は歩く
心で振り向けば
なんと見事な人間の世界なのか
なんと見事に辻褄が合っていることか
少年のように背を向け　私は
実は異様に明るい世界を考えている
牛よりも固く口を閉ざせば
灯は点々と血のようにうたっている
暗い暗い　関東平野の夜
霧の果てに光る白い雲が燃えている
呼ぶように　と言うのは間違っている
元々私はそこに在ったのだから
私を追うな
どこへ行ったと問うな

私は牛である

八歳・暗い田んぼのむこうは

八歳
暗い田んぼのむこうは
かたむいた野で
沈む太陽に燃えていた
その紅とみどりのなかに
蝶のように子らが走っていた

十六歳
あの光景を絵に描いてみた
ことばにあらわしてみた
むなしく空は晴れわたり
その必死の作業にぽとぽと流れた
ガラスのような涙が寒かった

三十二歳
その悪寒は名も知らぬ夜の街の
果てしない霧のように
なおも私をつつんでいる
らゔぇるのぼれろよりも誰の声よりも確実に
持続するこのかなしみのせつなさ

あの田んぼと野の狂おしい色彩
子らの影の灰色
あれはいったいなんだったのか
ああちゃん　とは呼んでみない
私はひとり酒場のすみで
赤い酒を飲みつづける
黙って
明日のほうを見ている

（『わが即身成仏』一九七八年民藝館刊）

詩集〈月明かり〉から

白山通り

運転席からの眺めは
運転をする者にしかわからないのは当然だが
この認識は正しくない
都内を毎日走る何万人ものドライバーが
運転席から眺めるこの空の美しさを
だれひとり口にしないのが
きょうも私には不思議でならない
という表現も正確ではない
白山通りを巣鴨から水道橋方向へ走ると
ぱっとひろがる水色の空に
白い雲がもくもくと湧いている
白山五丁目二番地の空など
だれも美しいとは言わないようだ
運転に肝心なことのひとつは追従だ

前の車に速度を合わせること
自分の心の望むままに行動してはならない
「枯草の根元の
緑色の斑点は何んだろう
観光バスは　何故
此処に止まってじっくりたしかめないのだろう
ひとり歩む少女のスカートは
昨日のあの丘のすみれの花だ
灰色の雲の彼方から
黄色い蝶も舞い下りる」
と我が少年の日のノートにある
運転のおもしろさのひとつは
詩心とは全く縁がないことだ
昭和十九年　台北で母と歩いていると
日本の軍用車が台湾人の少年を轢いた
車は思い直したかのように急停車した
母は自動車がとまったと言って感激した
台湾人の少年を轢いて
走り去るのがふつうというくらいに

日本軍は驕りたかぶっていたのか
戦雲急をつげる日幼い心にそれを感じた
自動車への関心は物心ついたときからあるが
車がとまる　とまらない
ということへの興味は
あのときがはじめのような気がする
とまる　とまらない
などということを思いめぐらし
白山五丁目二番地の空にびっくりして
空を眺めるドライバーなどきいたこともない
運転をする者にしか見えない眺めは
じつは私の眺めとはちがうようだ
白山五丁目二番地の空
それは白山五丁目二番地の空ではないのだ
私が見ているのは水色の大きな空ではない
水色の大きな空しか見えないのだったら
あるいはどんなに幸福なことであったかもしれない
東京には空がないと言う
だれもが言うことが私にはわからない

白山五丁目二番地の空
この向こうに犬が見えたとだけ
私は言っておこう
この道路に駐停車している車でさえ
私には異邦人だとわかっている
白山五丁目二番地の空
その向こうにはるかな国の
はるかな日の雨が樹が
見えているなどとは私は言わない

紅い夕日

バックミラーにまっ赤な
まん丸い夕日が映っている
たしかにいつかどこかで見た
あのなつかしい夕日だが
いつどこで見たものか
思いだせない

わき見運転をしているわけにはいかない
あまりのなつかしい形状に圧倒され
車を道路の左に寄せて停車した
このような夕ぐれには
こどもたちが学校から帰ってゆく
中学生やら小学生やら
女子大生やら女子高生やら
それらをひとり運転席からながめていると
大野誠夫氏の短歌を思いだす
「父の性《さが》継ぐことなかれ裸身にて
　炎の中を生きゆくなかれ*」
この歌を友に見せると
六十点であると批判した
私には百点以上のものだ
身につまされる
そんなものの共感を得ようとして
ひとに見せるものではなかった
運転席にいるとふしぎな怒りがわいてくる
運転席からの眺めは自分だけのもの

怒りは次第にふくらみ
紅い夕日のように増大した
草いろの草原のうえに
でんとかがやいている
学生たちよ
こどもらよ
古い私の歌を聴いてくれ
「遠い屋根屋根を
　そのかなしげな大きな手で
　再び包んだ
　紅い落日
　私はかれの
　紅い小鳥であった
　いりひの中を
　人知れずよく啼きとんで行く
　私はかれの
　紅い小鳥であった
　はるかなはるかな日日」＊＊
怒りは
遠い山脈のうえの雲となり
白い雲となり
私を襲いはじめた

＊大野誠夫（大正三年―昭和五十九年）。一生を漂泊のなかに送り、家庭生活も二度の破局の後、晩年ようやく安住の地を得た。はるかなわが子への思いをうたったこの作品は遺稿歌集『水観』（昭和六十一年）所収。
＊＊一九五四年十二月二十三日作。

海へ車で

草よ
草よあなた方は知っている
よろこびも私の運命も
神神の権限によって指図される精神とは
海につづく道をいろどる
草よあなた方がそよとなびかせているもの

あなた方は知っている
私のこころはもっとも高い美を得ようと
野の風となりながら
けっして生きはしなかったと
あなた方が知っている海のたそがれは
ひとの世のたそがれをのみつづけ
のみつづけて不滅なのだ
私はついに母よりもとしをとり
草よあなた方は知っている
地球の果ての風を
そのみどりいろの温度と形状
ひろがる広さを
草よ母よ風よ
あなた方が私には光だ
眼を耳を
死に至るまでみちびいているかのようだ
食うために生きている東京から海に
恋人のような車で行こうか
犬のように吠えたいときに吠え
こころをふるわせ
すいすいと
草よ母よ風よ
あなた方とともに

ジャンプ

えらばれた風景を垣間見ようとした鳥は
高い空に陶然とした
海やみしらぬ街角の
風によって生かしめられた
ゆえに鳥は鳥ではなかった
だれも彼を鳥と認めたためしはない
さて私はひとである
鳥である
牛である
馬ではない
ひとにだけは恥ずべき時期があるようだ

せめて午後六時三十分に帰宅して
剣をみがくがごとく本を読もう
人生愉快なり
車を一時間運転して
定食をたべに行く店もある
その名はジャンプ
思考はジャンプすべし
と思ってもこの世に自分の置き場所は
そう多くはない
鳥が馬刺しをたべている
ジャンプよジャンプすべし
さて私はジャンプすべきか
鳥がささやくのである
だれにも見えない鳥の声で
ほんとうはもっとも恥ずかしいのは
神によってと思っている
えらばれた風景を垣間見ようとした
ながい道程であったのかもしれない
鳥よ

真鶴の秋

この道はいつか来た道とうたうこの道は
この世のどこにもない道ではなかったか
海のかがやきが眼を覚まさせた
はるかな秋の日もこの世にはない
夜空は晴れて波のうえに
この世のあらゆるものが吸いこまれた
樹樹のざわめきに揺れた
はるかな一日の胸に棲んだ風も
〈車をおりて歩きましょう
草も花もこうして歩くとよく見えますね〉
青春の日そのひとは言った
私どもの首飾りは色あせ
青春の日もない
やがて私はスピードに狂って行った
花だけがひそやかに咲いている
花だけが永遠の萌芽をほこり
花だけが空に向かって生きている

あれから幾度となくひとり車をとばして
はるかな日のように岬をおとずれた
この世にないものに会いに行くように
海への道が私と車を生かしめていた
草も花も海の光もむかしのようにあるらしい
だが草が星　海がざわめく眠り　花が虫
見知らぬひとたち　若い声にまぎれて
草は星　花は虫　海は眠り
と心でつぶやいている
貝のように黙っている
車のドアをロックして

基隆《キールン》慕情

バスは森のかげに消えていった
未来永劫だれも顔をださない
白く光る道に風はわたり
樹は雲を呑むかのように重く揺れた

港の街の記憶はつねにここから拡がる
母よ　死者よ　ふりむくことなかれ
消滅すれば物は少年に耀きはじめる
少年の風景は戦いも血も温度も
うたも花も閉じこめている
少年を狂わすあくまでも明るい海と
白い道の勾配が少年を支配し
きめられた音楽と匂いが見えはじめた
だれか永遠を見たか
母は永遠を見たか
樹樹の影が泣き夕日が沈むと
風景は確実にうたいはじめた
生長する波の音が生かしめた魂か
鬼のようにうたう知覚の紅《くれない》
眼差し
基隆よ眠れ

台湾の唄

雨の港キールン　出船のドラが鳴る
つらいわかれの　なみだ雨……
「港辺惜別」が流れる店の
かたすみでひとり赤い酒を飲む
「雨夜花」「望春風」
「月夜愁」「姑娘喲！　不要哭」
甘くかなしいメロディーがなつかしい
モーツァルトの交響曲第四十一番ハ長調が
私の葬式にながれるべき曲と気取っても
生きている私を生かしめるのは
ときに台湾のうただ
しかして　日本人はばかだからなあ
と大声でしゃべっている店の親父よ
それは誰のことか
私にはばかと呼ぶひとはいない
日本と日本人がすきだ
ナルワンド　イナナヤ　ホハイヤ
ナルワンド　イナナヤ　オハイヤ
オイナルワンド　イナナヤ　ホー
リムイ　リムイ　ラー　リムイ　スリームイクンナ
ラホイダー　スイバラー　イラホイ
月が出ましたよ　月が出ましたよ
妹の月の眉　ネエ　妹さん
星が出ましたよ　星が出ましたよ
妹の首飾り　ネエ　妹さん
テレサ・テンうたう
台湾の杵歌「阿里山の娘」は
山の原住民の収穫のうた
しかして　巨大な樹のように揺れ光るリズムが
日本の祭の輪からはじきだされた
私の魂を呼ぶ

遥かな河

無遠慮な掟は手をふりかざし

雲が生んだ草を模造していた
河は茶色の水を逆流していた
太陽は夢へと帰った
あの空だけが語りかけている
四十年も四十万年も
あの空だけが黄色いのだ
河が発狂していた
空が大声をあげていた
とだけ記憶する
防空壕の上できいていた玉音放送のように
ビーフン色した樹樹の子守唄よ
いつか確実に見た河ならば
ふたたび確実に見ることはない
枯れよ花よ
ふたたび咲くことがないように
枯れてしまえば
花よ河のように生きはじめるのだ
傍若無人なひとなどいない
時が暴力をふるうのだ

故郷をうばい樹をも偽造し
こどもはとしをとり盲目となり働いて死ぬ
枯れよ河よ
ふたたびざんぶと音のしないように
枯れてしまえば
河よ風のように生きはじめるのだ
虫の私の血の胸の底に
台湾の河
台北州三峡郡を流れゆく河
はるかなむこう岸の沈む太陽
黒い幕があらゆる言語を拒絶している
幕が下りたらはじまるのが芝居ならば
芝居のようにのらりくらりと
あの太陽を語ろうか
台湾は血のようにあかるい
私の台湾はどこにもない
河よ

森の匂い

志を述べるな
恨みつらみを書くな
私は見る　熟れる緑を
私は聴く　海の音を
この世にない海のいろにつつまれて
すっくと生きよ
余分なものは取り去れ
話すな　何も
森の道よ　星と星の間の音楽よ
石のなかの沈黙よ
私は見る　私は知る
酌みつくせない泉の水のみずいろを
指で森の匂いをさぐれば
木洩れ陽に世界が見えている
はるかな日のはるかな波の音が
耳のなかでうたっている
眼で風を追えば
土のぬくもりが戻ってくる
泣いている少女の紅いろのシャツのように
永遠が見えている
言うな　何も
頬で風の匂いをさぐれば
静寂へたちのぼる煙が生まれる
土が喋っている
あたたかい夜がやってくる

私の小川

小川が流れている田舎の風景は
私にはおそろしさしか感じられない
そのうえにひろがる七月の空は
きっといつかはわからない昔のいろで
青々としていたりする
うつくしいのでおそろしいのだと

言っているのではない
いつもよく見るゆめなので
なつかしいようなおももちで
その空に晴れやかな虹を
見たのではない
意志のようなかなしいかたちを
見たと思ったのだ
その小川から三十センチもずれて
爆弾が落ちたのだったら
私は七歳で死んでいたであろう
摺り鉢型の巨大な穴のなかに
ばらばらになって
小さなからだがころがっていたであろう
三十五年が過ぎ去り
緊張みなぎるよその国へきて
無遠慮にたちいふるまう日本人よ
あなたたちとはきっぱりと私はちがうのだ
私の小川が流れている
だれにも見えない小川が

島の黄昏

森の小鳥の声がはっきりと聞こえる
森の緑が泣いている
風が怒っている
走り去る林の灰いろが光っている
はるかな唄は遠くなってしまった
農家の軒下
縄でしばられた茅葺きの屋根
波の音
見えているものが
私の見ているものではない
海の匂いは潮のかおりではない
いつか見た私の唄が
すこしずつ戻りはじめるとき
道路から眺める風景は
空につづいている
道路のうねりが果てしなくのびる
空にか　と問うな

あれは　と問うな
神話の島をかこむ海に
太陽がかえって行く
私の眼で　私の耳で
私は動いているにすぎない
国を語るな
美しいと言うな
風が私を生かしめている
人も　市場《シジャン》も　山も　地底も
済州島《チェジュド》はやさしかりき
虫のような空間を
私の心臓が占めている

――一九八一年・済州島にて

全州《チョンジュ》の雪

零下二十度のくらやみの街
吹きすさぶ雪と風に翻弄され
戒厳令下を木の葉のような車で帰る
降れ　降れ　雪よ
これ以外の言葉は頭に浮かばない
降れ　降れ　雪よ
束の間の世に覚えたり
誰にも見えない
私を呼ぶ私の魂は
雪の果ての火のようにいつも光っていた
「何を書くのですか」
助手席のひとは言った
生活のこと　その日のできごと
は書かないのです
たとえ書いても　ほんとうは
言葉の果てに燃えている
私のふるさとを探しているのです
白い空間のようなものです
その哀しみ　なつかしいあたたかさをです
降れ　降れ　雪よ
「何も見えない」

助手席のひとは言った
フロントガラスの向こうは
泣きさけぶような
横なぐりの雪の世界
このとき
世界一やさしい街は
世界一うつくしくなった
その向こうに
私は紅い果実のようなものを見ていた

——一九八〇年・韓国にて

韓国の車

運転免許証には本籍地と現住所の欄がある
国際運転免許証には本籍地の欄はない
あるのは現住所と出生地の欄である
私の出生地はＣＨＩＮＡと記入されている
本籍地で生まれたわけではないから
出生地を重視する国際感覚が正当だ
キョッポでもよしハングサラムでもよし
台湾人でもイルボンサラムでもよし*
他人《ひと》の評価はどうでもよいと思う日々が続くと
台湾人になったりキョッポになったり
ハングサラムになったりの快感である
韓国病と笑わば笑え
どのみち私は病気です
空が碧いと樹樹に風がわたると私は病気です
これほど最高の治療法があろうか
韓国の広い道路を韓国車ポニーでとばす
車が近づいても逃げない日本の歩行者
サッと逃げてくれる韓国の歩行者
韓国の道路は光輝いている
他人の世話にならずに行きたい所へ行ける
眠ることもできるし読書もできる
ラヴレターも書けるし食事もできる
これほど自由を好む者にふさわしい道具はない
「詩人とは聖なる器

その中に生の美酒が　英雄たちの
精神が　なみなみとたたえられる」
百九十年前にヘルダーリンは言った
韓国で乗ればなおさら
自動車は聖なる現代の器
器にたたえられるなつかしい水
生きて行くための葉の茶色
死に行くための樹の緑いろ
器が世界をひらいて行くよ
精神が生きるのはどこかの現実のなか
走れ走れポニーよ
ポプラの並木が空に向かって
我等の卑小さを笑っている
空から小雪も降ってきた
山は　河は
一万年前のように黙っている

＊キョッポ＝日本生まれの韓国人。
ハングサラム＝韓国人。
イルボンサラム＝日本人。

月明かり

バスを降りて暗い道から路地に入ると
幅二米ほどの小川の丸木橋をわたる
どこまでも月明かりの畦道であった
若い易者の家は雑草のなかにあった
あなたは八十六歳まで元気に活躍なさいます
来年からは何をやってもよい結果があらわれ
人々の人気をたくさんあつめます
わたしの言うことが当たらなかったら
わたしの首をあげます
当たるので有名な易者は雄弁である
ここはソウルのはずれ
思えばきょう一九八六年九月十四日
金浦空港爆弾テロ現場に二時間前にいた
二時間違いで私は死なず五人が死亡した

思えば友の一周忌であった
元気百倍で日本に帰れば
友はまた友の死の話であろう
それもよい
元気にいつまでも友の死を語ろう
同じ時代を生きた若い詩人たちがいたのだ
石井勇三、十七歳
伊香民子二十七歳
杉克彦三十七歳
丸山辰美四十七歳
皆若くして消えて行った
また来てください
きっとわたしの言ったことが当たって
わたしを思いだしますよ
若い易者はいつまでも手を振っていた
はるか昔に歩いたような
月明かりだけの畦道
八十六歳の円満充実の人格者の気分で
帰途のバスに揺られたのであった

爆弾テロものがれた
長生きも勝負のうち
生きるが勝ち
高速道路を嘆いた杉克彦よ
高速道路にぶっとばされたのか
あれはぶっとばせばよかったのだ
丸山辰美は仙台で他人の乗用車をけとばした
好青年の丸山がなぜ
乗用車でぶっとばせばよかったのだ
昭和十三年生まれは
図体ばかり大きくてダメ男
丸山と私はいつも
井川博年に笑われた
その片棒のぶんまで生きるのはさびしいが
なにせあと四十年はピンピン生きている
この私の身にもなってくれ
とルンルンルンと
私はぶっとばす
ブルーバード一八〇〇HT《ハードトップ》スリーエスEで！

丸山のぶんまでぶっとばす
海外へ行くなと言った丸山よ
ゆるせ長生きの所産である
ソウルのはずれの月明かりの畦道を
幼児の宝のように胸にして
だまって
私はとばす
「この世にのこされたものといえば
ただ静寂と沈思だけだ
人の世の美しいものだけが後に残った*」
丸山辰美〈一九三八―一九八五〉
わたくし〈一九三八―　？　〉

＊丸山辰美の詩「海辺の夕暮」より。詩人丸山辰美、一九八五年九月十三日急死。享年四十七歳。

運転技術

ステアリングの握り位置は運転姿勢とともに重要である。自動車学校などでは十時十分の位置がよいとされているが、実際には九時十五分がベストである。つまり両端を握る。これならステアリングの最大幅をもつことになるから、もっとも小さい力で済む。とくにステアリングの重い車はこの位置から切りこむことで操舵力を軽くすることができる。

ステアリングはより早めに切りはじめること。曲がりたい場所にきてから急にステアリングを切っていては行き過ぎてしまう。早めに切りはじめれば操舵量も少なくなり、車は自然に曲がってくれる。遅いタイミングでは大きな舵角、早めのタイミングでは小さな舵角、これは当然である。操作を楽にするためにはより早い時点からのステアリング操作が要求される。ただし余談ながら、より早い時期、十代前半などで詩にめざめたような者には、人生の操作は楽ではないらしい。

カーブをより安全に、より早く曲がるためには、道路の曲がり具合に従って走るのではなく、より楽に回れる走行ラインをえらぶことが必要である。

むずかしい技術のひとつはコーナーリングである。道路のカーブを曲がるときには遠心力が働くので車は外へ外へと引っぱられる。これに逆らいながら曲がるので、ちょっとした操作ミスが命とりとなりかねない。遠心力はスピードが同じなら半径が小さいほど大きくなる。したがって車をより大きな半径にのせてやれば、それだけ楽にコーナーリングできる。これがレースなどでいう「アウト・イン・アウト」のライン取りである。

自動車学校で習ったとおりのことをやっていては、一般道路を一人前の運転者として走ることはできない。制限速度を無視した追従が重要となる場合がほとんどである。後続車を思いやらない急な方向転換や急停車は女性ドライバーに多い。ウインカー（むかし運転を習った人の多くは方向指示器と呼ぶ）の出し遅れも後続車をイライラさせる。俗に言う一ヒメ二トラ三ダンプ。一番こわいのは女性ドライバー、二番目が酒酔い、三番目がダンプというわけである。

シャルドンヌはその著書で女性が弱点をもっているのはそれが本質的な価値につながっているからだと言っている。と私はホラを吹くのである。勿論ほんとうのところは「女性が」でなく「芸術家が」である。

しかし、私のすきな女優の長谷直美はA級ライセンス、佐久間良子は二種免許までもっている。運転の上手な女性は詩の上手な女流詩人や、すぐれた女流ピアニストのように魅力的である。こういう人たちが人生への希望を与えてくれるもののようだ。もっとも、運動神経ゼロと自称する運転をしない大原麗子も魅力のある人だ。

自動車学校にもピンからキリまである。だがどのみち、ヘルダーリンとか、リルケ、ヘッセ、トーマス・マンとか、樹の裏側のこととか、風のコトバとか、気のきいたことを教えてくれるところはまずない。それほどまででなくても思考にすこしも柔軟性のない教官というものはどこでもやっかいだ。見えないものを見るなどということは勿論できない人物。ステアリングの位置は十時十分と決めてかかり、十時十五分でも九時十分でも九時十五分でも叱りとばす。失礼ながら情緒欠乏症と石頭の勢揃い。ひどい人物になると生徒をバカ呼ばわりする。どちらがバカかわかったものではない。それでこそ世の中まるくおさまるというわけである。

私に言わせれば片手運転でもよい場合がいくらもある。オートマチック車なら足など二本も必要としない。これは右足だけで操作すべき構造になっている。ところが右足しかない人の免許取得は絶望的である。正論通らずと怒る中学生のように、悪とか間違いとされることがより本質につながっていることがあるのかも知れないと思っている、このおかしな「中年」よ。私を教官として採用した埼玉県K自動車学校は私の辞退によりめでたく正常な営業を続けている。

「私の魂は夢見ごこちだ、たったいまだ」

と私がいつも思うのは、こうして教官などに教わらなかった運転方法で「雲の彼方」へ車をとばすときだ。どこへとばそうと私の勝手である。

白い雲

白い雲は旅を續ける
碧い碧い靜かな世界を
何處までも何處までも
平和の國に到達するまで

白い雲よいつの日か
村人達の寐靜まった後の
暗く廣い畠の夜空で
光輝く星達に逢うか

花咲く春の朝には
名も知れぬ片田舎の
美しい少年のあこがれる
あの山のかなたへと流れるか

求めて流れる遙かの平和の國は
あまりに靜かで
私にはとどかない所か
ああ　あまりに美しき旅よ

（一九五三年作―十五歳）

あれはなんだったのか。空に吸われし十五の心！

三十余年前の十五歳の作品にこだわる狂人と笑うもよし。十五歳は五十歳の親なり。ひとはひと。われは行く。われはとばす。「芸術家が自らの弱点を捨てきれないのはそれが本質的な価値につながっているからだ」と思う以前に〈雲の彼方〉が私を呼んでいる。とばせ、とばせ、とばせ、九時十五分のステアリングの握り位置で。神か風の温度か。私を一万年呼びつづける見知らぬふるさとへ、〈十五〉ではのれない車で私はとばすのだ。とばせ、とばせ、とばせ、これが私の希望する人生の位置だ。

車は恋人。車は女。車は母。ときには酒よりも深く酔い、詩よりも無限。なぜこんなにいいものの技術をマスターしないひとがいるのだろう。それも勝手というもので私の出しゃばる場面でもない。八十歳になっても百歳になっても私はとばすのだ。

まだ見ぬ城下町へとばすのだ。生涯会わない恋人を求めて。

「ドッ、ドッ、ドッが、
ロッ、ロッ、ロッ
ゴッ、ゴッ、ゴッが
ルッ、ルッ、ルッ。」（アポロイルターボGTのコピー借用）

「こんじきの音《ね》を空いっぱいにひびかせて。
大地よ、わたしはおまえがすきだ。悲しみをともにしてくれるゆえ、
そしてわれらの悲しみは子どもの苦痛と同じに
いつしかまどろみにかわる、弦楽のひびきにつれて、
風がとび交い、ささやき合い……」（ヘルダーリン詩集より借用）

運転技術を奥深く完全にマスターすることが私の信条である。「えせ芸術家」のようにボロボロとボロが出るひともあろうか。「えせ聖詩人」もいるかも知れない。これは運転の下手なドライバーのようなものだ。下手では勝負にならない。ひとはひとだが、そうなりたくないというのが私の希望する人生の位置だ。

「詩は球体である」

と誰が言ったとしても私は言う。そう気がついたのだ。

「詩は野球のボールである」

と誰も言わないとしても私は言う。私はそう気がついた。

あの丸いものをつくりあげるために、なんの無理もなく、呼吸をするがごとく、ステアリングを九時十五分にかまえて切りはじめるのだ。あの碧い丸いもののために、余分なものは私のまわりから落ちてゆくのだ。より小さな舵角で、わがステアリングを切りはじめるのだ。あくまでも九時十五分の位置で。


（『月明かり』一九八八年詩学社刊）

詩集〈並木橋駅〉から

少年短歌

誰よりも美しく生きるには
歯も胃もボロボロとなりて野に果つるを
つねに覚悟することなり哉？
「絵を一枚描いて渡して泊まるという
山下清をうらやみていたり」
（「文章倶楽部」昭和三十年十一月号所収）
なんという無気力な短歌であろうか
十七歳の村山冬樹の作品である
これは十五歳の夏に付けた自分のペンネーム
なんという恥さらし
うらやむとはなんという情ない発想であろうか
そんな者に生きる権利はない
一刀両断
やるのかやらないのか

決断と実行あるのみ
といまの私が十七歳の私を叱る
しかしほんとうは自分のことだから知っている
ほんとうは
「絵を一枚描いて渡して泊まるという
　山下清はおれのあこがれ」
と書きたかったのだ
それを遠慮して真人間ふうに学生らしく
親きょうだいの手前
そして何よりも文学的にこしらえたというわけだ
文学以前に詩が歌が血であり生きるためのつっかい棒で
　あった
とは嫌味な人間である
なおもほざくか
歌という名の血は青天井見上げて狂っていた
雲を見下ろし泣いていた
怒っていた
たかが歌と思う時にも
はるけき歌こそ哀しけれ

十五の夏砂に腹這い
砂にあおむけ
この棒の先に見たのはひろがらない空
きらめくきめられた死
〈誰よりも美しく生きるには〉
というわがこころのリフレイン
などと！
誰よりも美しく生きるには
歯も胃もボロボロとなりて野に果つるを
つねに覚悟することとなり哉？
人間が成長するとは愚かな錯覚であり人間の傲慢だ
誰よりも美しき道を選ばば
あとも先も闇なり
あとも先も光なり
あとも先も歌なり

並木橋駅

詩をください
春の宵モーツァルトをけした部屋のなか
私に詩をくださいと言ったら笑われるのでしょうか
だれも来ないのに家中鍵をかけて
破れガラスから空をみる
あの水色はいつかみた水色だ
この国では魂のないウタが巷をながれる
息苦しさに書棚をあけて詩の一行目を読む
「美少女が公園をつくっていると」
私は一行目で読むのをやめる
「私どもは死者」
私は一行だけで読むのをやめる
つくりごとはやめてください
渾身の魂のたしかな声のすっくと立った
なつかしいあたたかいまろやかな美しい
詩をくださいと乞うのは
いまのこの国ではおかしいのでしょうか

と私は不機嫌に再びモーツァルトは聴かない
よのなかばかなのよ
上から読んでも下から読んでも
よのなかばかなのよ
山本山のオオブさんはどうしただろうか
うたえうたえ日吉ミミ
だが今宵これでは済まされない
ふと私はある婦人からの便りを思いだして読み返す
某日茫茫二十八年ぶりに再会したかつてのお人形のよう
　な少女は
美しい女流画家となってクラス会の真ンなかにいた
「八幡通りを憶えていますか?
私はよく自転車を乗り回わして
両手ばなしで歩道にのりあげて　ひっくりかえりまし
　た
プラタナスの葉がとてもやさしくって　涙が出ました
　っけ
坂を下って行くと　誰も降りることの出来ない〝並木
　橋駅〟が

空にうかんでいたのは……あれは夢だったのかしら
……。
もう八幡通りはなくなってしまいました
今……コンクリート敷きのかたすみに
冬花がひっそり咲いているのが　とてもかわいそうで
す」
私はいまは遠い彼女に心で言う
空の並木橋駅
あれは私もみた
あれは夕やけで真ッ赤だったよと
ほんとうは並木橋駅なんてなくなっていたのに
黄色い駅の向こうに夕やけの湖をみて
からだのなかまでが真ッ赤になっていって
長い長い貨物列車を見送っていた気がする
残ったくろい煙が徐々に消えてゆく速度までが思いださ
れる
この世にないものが美しい
みえないものがみえてくる
この重さが私を支配する
今宵この国でメロディーなんかなんでもいい
「八幡通りを憶えていますか？」
今宵これにすぐる詩の一行目はない

＊括弧内は小学校の同級生・氏香（うじ・かおる）さんの
手紙の無断借用（原文の儘）。

花と無限

春がきて花がひらくとき
散る花花が見える
いろいろな春が過ぎゆくとき
背後にひとつの無限なる春が
たちのぼる炎のようにある
花が散り空がくもるとき
地上にひとつの紅い花が
辛抱づよい小さな虫のように
あらわれている

その息吹きが
生かしめているのは
眼のなかの
伽倻琴の音のような
ひびきです

森になれ

海がひろがっている
森が泣いている
こどものように生き生きと
霧と風がたわむれいくつものほそい光が戻った
森の樹の枝はこどもらのように高みを求めた
こどもとたわむれる大人はむなしくみにくい
花を賞賛することばのように
かれらはこどもを見てはいないのだ
かれらはつねに低きにながれるのだ
もっと高く飛ぼうとするものが見えない
もっとふかくあたたかくさびしいものをあざけり
すべてが教訓と説明で解決がつく
にんげんのこどもなんか
みんな大人になってしまえ
否定と枯渇を錯覚して大人になってしまえ
うそっぱちな抒情詩人よりはましというものだ
森だけが森になるのだ
わたしは森を見たと言っていない
わたしは森だと言っていない
森の樹の枝から生まれたと言っていない
なじみぶかい樹樹が吹き入る風が
うつくしい季節が自分の場所が
光る波に吸われる十五歳のこころが
野の花をわたる風のようだと言っていない
霧と光が生かしめたうたについて語らない
もっと高くもっと高くと言っていない
ふりむけば森のかなたに
母なる海が光っていると言っていない
いそぐことはない

夏の光も森の風も
一万年変わらない母の説教のように幻となる
森だけが森になるのだ

（『並木橋駅』一九九〇年近代文藝社刊）

詩集〈夢〉から

五百年後

私は一本の青い草です
私は四月の空に消える雲です
空に吸われる音楽のようなもの
虫のためいき樹樹のざわめき風の声
と言おうとして眼が覚めた
と言おうとして
……を歌おうとして
よく眼が覚める
この世では言っていない
歌っていない
どんぐりのようなかたちのものが
ごろごろとふわふわと
この世にあることだけがわかる
そんなものを見ている私をのぞけば

この世は立派なお方ばかりである
私はみぎわの草
金色の鴇のためいき
ひとすじの虹
ともしびともるむかしむかしの家に
五百年後に帰ってゆく

夢

子の見る夢に影あれど
子のかんむりに光あれ
いまは眠れ眠れ鳩のように
父は長夜を闇見てくらす
とつぶやきながら
ローレルのアクセルを踏みつづけていた
暗い富士の裾野も
五合目まではラクに車でのぼれる
はずだったのだが

その手前に白いエプロンのおばさんの門番がいて
この先はその車ではむりじゃよと言う
そもそもその通行券がニセモノだからね
帰りなと言う
十枚六千円のを四千九百円で買ったのだけど
と言うとおばさんはあんたはいつもそうだ
そうやってだまされてばかりだ
人をだますようでなきゃだめだよ
なんでもおばさんに相談しなと言う
この先へ行ってもさむくてくらいだけ
帰んなね
といきなりやさしくニコッとする
そうか十枚六千円のを四千九百円で買ったのは首都高速
　券である
いやなんにしてもニセモノじゃ
とおばさんは言うのである
とにかく帰んなよ
帰ったらやさしくダッコしてあげるからさ
おばさんはどこのおばさんなんだろうか

と私はとっさに思ったものだ
エンジンブレーキきかして下りるんだよ
とおばさんは車にも素人ではなさそうだ
私のローレルはいつのまにかこどものときに乗った
木のスクーターで
左足で地面を蹴っては走っている
それが木の三輪車となったり
白い雲になったり
風になったり風の音になったり
とうとう私が樹になっている
昭和十八年金属製の三輪車は街から消え
ハンドルも車輪も木の三輪車が売られていた
五歳の私はそれを母に買うように強要し
拒否する母をゴネたおしてわがものとした
あの非常時に親のこころ子知らずで
あれから五十年も経とうというのに
これほど後味のわるい思い出もない
ローレルが戦争中の木の三輪車となり
くらい夜空のしたを走っている
ガタガタとボロボロと
わが人生を否定するように
小馬鹿にしてあざわらうがごとく
帰ったらやさしくダッコしてあげるからさ
と言った白いエプロンのおばさんよ
年の頃なら三十六ほどか六十六ほどか
あなたの胸に顔をうずめて
あまえることはありえない
くらい現実の夜に眼を覚まし
子の見る夢に影あれど
子のかんむりに光あれ
いまは眠れ眠れ鳩のように
父は長夜を闇見てくらす
とつぶやいていた

たんぽぽ

庭におりると

母はたんぽぽのような黄色い花を三本
私に手わたすのだった
幼稚園にはなぜか毎日花を持参するきまりがあり
となりのハガさんのなんとかちゃんがたんぽぽを一本手
　にして
私を迎えに来ていた
一本でいいよ
と私が言うと
おまえは三本
と母は言った
おまえは将来詩人になるのだから三本
と言った
詩人になってそれから警部より偉い警察官になるのだよ
と言った
こどもごころにも
じゃ警視かな
でもそれは欲張りというもの
と思っていると
空が白くひろがって
すべてが消えた
昭和十七年から十九年
幼稚園にいるべき私は
実際には〝外地〟で戦争の真っ最中で
そんなものは見たことも聞いたこともないのだった
詩人をあきらめて警部にまで昇進した父よりも
もっと偉い人に
と母は願ったのであろうか
いま庭におりると
空襲のない空に
五十年前の母の声だけがきこえる

秋の雲

目黒の自然教育園の
すすきの穂のゆれる彼方に
秋のうろこ雲を見ていたら
五・七・五と整然と

すらすらとことばがうかんできた
これは俳句なのであろうか
空の碧さに吸われて
夢のように生きた十五歳
その碧さを見ていると
死にゆくこととは
さほど大仰なことでもないと思える
碧い空を見ていると
あの空の碧さを
なつかしいリズムにつつまれた
たしかなことばとするまで
生きたいものだとはげしく思う
痛い成人病をふたつも体験した
いまはそう思うのだった
数十年とは一瞬なのであるのに
〈海をわたり
島にたどりつくと
たのしい唄が待っていた……〉
などとながいながい物語のように

十五歳の一日一日が思いだされる
しずかな午後
わが五・七・五が胸に残った
〈たましいということばあり秋の雲〉

青春の道

伊豆の山山
涙にけむり
すっくと立った
崖の道
何やら私のまわりから
落ちてゆく
車にもどってドアをロックする
生まれたてのような
緑がまぶしい
青春のひとすじの道
というタイトルの映画が

私のなかにある
もちろん現実にはない
その道をわたってきたもののように
私は眼を閉じた

怖い手紙

〈どんな病いよりも
もっともっと苛酷な世界へと引き入れられ
もう此の世の言葉さえも
忘れかけて来たんだよ。〉
とは一九五五年三月二十六日
十七歳の私が書いたもの
このころ人生雑誌「葦」に投稿したものは
かようにひどいしろもの
たちまち二十六歳の女性から叱咤の手紙が舞い込んだ
こんな感傷的な時点から何が生まれるのか
もっと強くなるかさもなくば死んでしまえ！

私は反論しなかった
このような立派な人にはめっぽう弱かった
このころこのほかに来た手紙は三十通あまり
怖い手紙はこの一通だけ
私は私
とばかりにすぐに忘れた
われは愛す白い雲の流れ
さわやかな風つめたい空
美しい瞳はここに輝いて
やさしい声はざわめいて
明日を見ることも忘れて
われは愛すみどりの樹樹
深い谷間の小さな白百合
そこに永遠《とわ》のよろこびと
わらいあう若者たちあり
明日の職場を思う日なし
われは愛す十代の木かげ
われは愛すやまびこの丘
くろい瞳よひるがえる薔薇色のスカートよ

捥《も》ぎたての葡萄捥ぎたてのうたごえ
なつかしきかなしみなつかしき風の温度
なつかしき君が香水たわむれの紅きルージュ
ひねもすあそびて涙す
嗚呼！
青春の日に目白の田中屋で聴いたG線上のアリアは
永久にG線上のアリアであり
人生上のアリバイとはなんら関係ない
若い顔若い声戻ることなし
一九六七年眼をわずらって
内幸町三井物産館七階の眼科へ行くと
若い看護婦がニコニコしている
どこかで会ったことがある可愛い子と思ったら
友人の永田の妹ではないか
永田も文学青年で私の詩集をほめてくれた
妹も文学好きと聞いていたので早速詩集を進呈した
ドサッと舞い込んだ永田の妹の手紙は
一九五五年の二十六歳の女性に輪をかけた
こわーい手紙であった

こんな感傷的な視座からは何も生まれない
強くなる見込みもないから死んでしまえ！
便箋数枚に力強い文字が踊っている
思えば二・二六事件叛乱将校の娘だ
さすがに筋金入りと言おうか
永田某懲役四年と当時の新聞一面にある
永田の父親とも会ったことがある
温和で静かな人だった
若い者の中に入って話をするのが嬉しそうだった
二・二六事件も昭和も遠くなりにけり
このときの叛乱将校と警察官の子供が
数十年後詩を書いたり罵倒したり
という歴史を私はみつめていた
私は私と思っても
油断はケガのもと
一九七〇年ベ平連派の妻に大見得をきったところが
大理石の置時計がとんできた
とっさに身を伏せたが間に合わず頭部大出血
不審がる医者にころんだと偽り通した

一生あなたの言うことをきくから許してくれ
と彼女は平あやまり
時計もこわれすべてこわれた
なるほど一生あなたの言うことをきいたというわけだ
〈しょせんは山の手のお坊っちゃまにすぎないのよ！〉
という妻の罵倒も効き目があった
手足をもぎとられた思いでも
私には見るべき光があるのだった
大関松三郎にはなれないという重い思いもないわけでは
　ない
だがわが光は歌はなおも生きてあり
なおもげんきに踊りけりなのである
死んでしまえ！
なるほど
〈どんな病いよりも
もっともっと苛酷な世界へと引き入れられ
もう此の世の言葉さえも
忘れかけて来たんだよ。〉
これでは死ぬしかない

しょせんは山の手の……
はるかな妻の声もだぶってくる
だがどっこい生きるのだ
だれにも見えないうたなれど
うたのうしろに道がある
うたのうしろに花がある
或る阿呆の一生という小説を書くまで
その本を星でかざるその絵を描くまで
生きるんだ！
と思いながら
一九九一年いまはない内幸町三井物産館のうえあたりな
る
秋の碧い空を白い雲を見上げている
過ぎ去れば夢の
ひとびとの面影も

扶餘・一九九二年晩夏

わが涼しき笛に合わせて花野はあり
果実のような歌がある
風のような声がある
うごかない雲がある
いつしか雨のあがった
夕暮れの空の色が頬に匂う
ひとは三千官女の血の色を白馬江に見る
わが眼はその色を空に見た
千年も五千年も見えている
どこかで見た
だれかが見た
光る波光る樹光る空が
見えている
人々の声は聞こえない
人影のまばらな山道は美わし
身を置く谷間に妙なる風の音
観光地化のおくれなお良し
日本人の存在稀なるも良し
すべてを拒絶している緑
鳴きやまぬ蝉の狂気のように
昔も人々もやさしいつめたい虫となり
夢も現実《うつつ》も紙一重
昨日の歌のまどろみも
雨に濡れる地上ならばどこまでも
ころげて消えるさだめであろう
白馬江あくまで清し
百花亭あくまで哀し
扶餘の夏のおわりはあくまでも
樹樹の緑だけが会話をしている
雨に濡れる地上ならばどこまでも
ころげて消えるちからであろう

＊扶餘《プヨ》＝韓国忠清南道扶餘郡。百済時代の都。

（『夢』一九九三年ミッドナイトプレス刊）

詩集〈紅の汀〉から

青葉の森

青葉の森がにこにことわらっていた
花たちがわらっていた
土の道は虫の泣く声を聞いた
そこを通る風のぬめぬめとしたなんというなつかしさ
それはゆめではなかった
私はまちがいなくそこを歩いてきたのだから
見たというだけで私は生きたにすぎない
そのことのために生きた虫である
この世から消えてもふしぎはないはずなのに
他者を観察することが勉強のはじまり
などの余分な眼玉をつけて生きている
青葉の森が
花が虫が
とつぶやいていればよいのに

さまよう少年の夢

詩の神というものがあるなら
それは春の河のかなたに光る
雲のようなかたちのものであろうと
少年は思った
たしかにそれを見て
ながながと「神」にお説教をされた
十五歳の狂気は「神」が見ている
〈お前はあした京都駅で靴磨きをしている
めぐりあうことのない者を夢見て
見えないものを見て
南の国の風や星
葉かげの幻の水滴に狂う
それだけのお前は
「親方」に叱られて死んで物体となる
蝶はとぶお前の死体のまわりを〉
少年が大学ノート十七冊に書く日記の
最初の一行は

〈オレはきのう京都駅で靴磨きをしていた〉
である
その夢も死も「神」は見透かしていた
見えているものを見ることはついぞなく
狂おしい東の崖のかなたの
朝の鳥のさえずり
の中の雲の紅《くれない》を見ている
どれほどの歳月が少年に流れたのか
紅の雲が包むべき少年の姿はない
「働いた」のを
「うたった」のを
舞う蝶を見ながら
少年は思いだしていたのだろうか

紅の汀

老人は生涯見てもいない紅《くれない》の汀《なぎさ》を夢見て生きた
渦巻く緑の風が誕生して空がかすむ
その瞬時の温度がすべてを決定した
星空が頭上いっぱいにひろがり
眠れぬ夜半に耳を澄ますと
灰色の雲の果てに自分の塒が見えた
ここに生まれここに死すべき虫の形状は
あくまでやさしい
風よ吹けいつまでも
他国に出かける必要もない
わが故郷
と誰にともなく語りかけている
夢のなかで私は老人で
一千光年の光を浴び
見たこともない人の世の昔の
どこかのあかるい畦道のなかに立っていた
摑めない絵のなかの色彩
〈紅の汀と田舎の家・遠い山脈〉
のようにユメの少女は永遠にうしろ向きで
近づいてきた

四国未だ見ず

「関東の人の作品に愛媛縣西條市と出てきて
奇異にも思いましたが
あなたの出生地かもしれないと思いました」
と関西方面の詩人から手紙をもらった
はるか苫小牧・札幌・留萌・はては外国を
車でとばしたことはあるが
四国には行ったことがない
愛媛縣西條市も見たことはない
少年時代この地に住む少女と文通をして
城下町というその地にあこがれた
彼女は石鎚山とか海とか
四国の空とか雲とか柳の姿とか
桔梗の花や風の匂い
私の見たこともないもののことを
きれいな文字で手紙に書いてくれたのである
ときには詩や俳句をつくって送ってくれた
いつかはその地に行こうと思いながらも
行けないところでもあると思いつづけた
昭和三十一年夏父の兄が宮司をつとめる
大阪東淀川・松山神社に一ヶ月逗留した
一番上の従兄は当時二十八歳の会社員
「いつかはあとを継ぐことになるだろう」
と十八歳の私を飲み屋にさそって話した
いまは六十をはるかに超えて立派な宮司
さて三十八年前のこの年の夏
愛媛縣立西條高校野球部は甲子園に出場した
「ユメの少女」と私は後年彼女に名付けた
その彼女はこの年三月西條高校を卒業した
私は大阪にいながら甲子園には行かず
カンカン照りの広い境内にこだまする
ラジオの高校野球中継にも耳を傾けず
神社を抜けだし川を眺め風に吹かれた
やがてどこかに移行する
その変容を恥とする者にとって
しばしば現実は迷惑なものである
誰もが見ている私は私ではなかった

詩の女神や詩の悪魔だけが呼んでいる
見知らぬ遠い街の板塀には
雨が降りそそいでいる
それを見ている
そのことだけが必要だった
緑の風につつまれた
四国の城下町の
西條高校に学んでいたら
どんなにしあわせであろうかと思い
日に六つも七つも詩を書いた
ユメの少女は紅折鶴と名のり
『文章倶楽部』に俳句が入選したこともある
私も俳句用に紅汀秋と名のり
〈ものの芽の気配感ずる車窓かな〉
が『文章倶楽部』に載った
紅の汀がいつも碧い空の果てにあった
十六歳
ユメの少女・ユメの高校
それが私を詩にかりたてた
そしていつかどこかに移行した
人生のわすれものをして

夢の夕日

昭和三十七年私にも婚約者がいて、その父親が「あなたの父親はなぜ社会に出て行って働かないのか」とたずねた。そんなことは私とは関係がない。会社に勤めるとか、商売をして金を得ることが眼に見えないかぎり大抵の人が父の人生を不思議に思うのは間違いではないであろう。こうして金を稼げとか、働けとか、どこかに勤めるのが先決というようなことを私はいっさい親から教示された経験がない。警官になれとだけは言われたが、これは父の夢であり希望であったにすぎず、もちろん強要されたことはない。そのかわり一流企業とやらに勤めたところで格別よろこぶこともなかった。民間はきびしい、役人がいいよとポツリと言ったことはあるが。それだけのことで父も私の人生にとやかく口を出したことは一度もないのであった。良き詩を創ることが最高の人生と思っていたのは私ではなく父であったのかもしれない。父が社会に出て行こうが行くまいが私もまた何も言うべき筋合のものではなかった。

渋谷は焼野原であったが、鶯谷町から道路ひとつ隔てたわが家の一角は焼け残った。天理教会があるからだと言われたが説得力はない。戦後数年経っても鉢山町、南平台町には焼跡がのこり、廃墟の邸宅の庭に融けたガラス瓶がころがっていた。鉢山町の丘を越えて土の階段を降りると渋谷の街であるが、或る日その丘がとつぜん真ッ赤な夕日に照らされると、かつてはるかな島で私の体をつつんだなつかしい風が私の体をつつんだ。婚約者の父親やその姉、義兄らが数人現われてニコニコと笑っている。仕事はどんなことなの？　とか、月収は？　とか、ギャンブルは？　酒は？　貯金は？　などとはいっさいたずねない。わけのわからないことを書いたり考えたりなんかしないでしょうね、とか、会社をさぼったり辞めたりしないでしょうね、とも言わない。ただやさしく笑っている。ああいいなあ、しあわせでゆったりと好きなように生きられるということは。詩を書くために生きてゆく、この人生こそ私の人生で、それが思う存分に出来るのだなあ。と一瞬しあわせという名の雲の絨毯に乗ったような気分を味わったのである。けれども、その丘がとつぜん真ッ赤な夕日に照らされるところからが、じつは夢なのであった。或る日の夢もわすれて何十年も生きてきたが、生きてきた時間もまたいまでは夢のような気がする。その夢も生きた現実もいまではあまり違いがないような気がする。

渋谷にて

昭和三十八年井の頭線渋谷駅ガード下の酒場で酒を飲んで、ふらふらと桜ヶ丘方面に歩いていると易者に手相を見てもらっている男がいる。彼はびっくりしたような眼をしてニコッと笑った。高校時代の同級生FUKUDAである。高校卒業以来七年ぶりに会うのだった。私は行きつけの恋文横丁のバーに彼を誘った。「オレの職業は絶対に言うなよ」と念を押す彼は警視庁第一機動隊員であった。バーのママはマイペースで笑っている。美空ひばりにとてもよく似ている。それはさておき、彼は大学を四年で中退して高卒の資格で警官になったと言う。彼もまたどこか普通の人とずれて不利に生きてしまうタイプか。

中学時代から詩を書いていた彼は詩は私よりもはるかにうまかった。だいいち詩の先輩である。それに心が広くて作詞家の吉川静夫と知り合いで尊敬していた。私に吉川静夫まで理解する力もその気もなかった。それに高校一年の夏までは本気で詩を書こうなどとは思ってもみなかったのである。ただ何かが私を待っている予感がした。ときにそれは春の風のようにもやもやとなまあたたかい。夕方の家々にともるあかりのようにさびしくなつかしい。それが詩なのかと思いあたるにはFUKUDAの存在が決定的に大きかった。FUKUDAが詩を書いている。だからオレもと思って書いていたのである。彼と私はすぐに詩の話になった。「オレも詩は書いているが、警視庁内の雑誌〝自警〟にだけ発表している。世間の投稿誌や同人誌に出すつもりはない。」というFUKUDAには軟弱さというものがない。高一のおわり私はどうしても柔道をやりたくて「渋谷警察署に習いに行くぞ」と言ったら彼はついて来てくれた。〈詩にのめり込もうとしている状況下で柔道とは似合わないが、この突然何かをしたくなる性癖はトシを取っても治らず、三十歳をすぎて少林寺拳法の流れをくむ、少林寺拳法よりも攻撃的な日本拳法を習った。茶帯にて日本橋首都高速道路下で汗を流した。とても「詩人」(?)には見えないどころか狂気の沙汰。はたまた五十五歳にして秋元康作詞塾に入門した。全く！　夢を食べるために生きているようなもの！　と昔私を罵倒した人は正しいようだ。FUKUDAよ、君はどのような人生を送ったのか。この三十年！〉

昭和三十八年一月から平成五年一月までの三十年間に二十回の転居をした私は、彼との連絡も途絶えてあの二十五歳の再会以来いちども会っていない。同じ警部の息子でありながらFUKUDAのように親の希望する警官にならなかった私よりも、彼が確実に立派に見えることがしばしばであった。なぜ易者に見てもらったのか、それは聞きそびれたが。詩にふりまわされてふらふらと生きながらえる。なんといやな自分の姿であろうか、などとは思うまいと考えながら、ふらりと渋谷の酒場に入った。恋文横丁はもうない。美空ひばりも美空ひばりに似たママも見ることはできない。時は移り、渋谷は他人の街のようである。だが私は見ている。この酒の向こうに笑っているわれらの青春を。FUKUDAよ、こんど会ったら三好達治や伊良子清白や村山槐多や藤村もよいが、六〇年安保でも語ろうか。七〇年安保でもいいよ。君はよく言っていた。「お前のが詩だ。オレのは演説だ。」と。私が「風呂にスポンと入るだろう。そしたらそのお湯のあたたかさがなつかしいと思うんだよ。」と言ったら「オレはそんなこと思わない。お前みたいのが詩人だ。」と。そんな十五歳の会話をいつまでも憶えている。詩人よりも警察官のほうがたしかに偉い！ その思いは一生を通じて私を支配している。FUKUDAよ！

沖縄の歌

昭和十九年戦雲急をつげるころは
四十を過ぎた父も海軍軍属で海南島へ派遣された
海南島も沖縄もその位置は六歳の私にはわからない
だが家の裏に住む一家は沖縄出身のひとで
毎日「ちんだらかぬしゃまよ」と沖縄の歌をうたってい
た
母は負けじとばかり毎日
「ランプ引き寄せふるさとへ
書いてまた消す湖畔のたより……」
とうたっていた
姉めあてにか遊びに来る兵隊たちも軍歌はうたわず
「男の純情」や「誰か故郷を想はざる」ばかりうたって
いた
戦中六歳の私はいさましい軍歌を聴いた記憶がない
父なき官舎に二発の爆弾が投下されたあと
台北州三峡郡に疎開した
「ちんだらかぬしゃまよ」のメロディーとうたごえが

昭和二十年七歳の私の頭から離れることはなかった
本土決戦・討ちてし止まんなどのことばは
戦争をはじめた者でもない七歳のこどもの胸にもあった
沖縄の不幸はそれから数多く語られた
昭和二十年八月十五日以降も
終戦を信じない兵隊との戦闘で多数の死者を出したと
平成五年八月にＮＨＫテレビが報道している
私の家の裏に住んでいたひとたちよ
あのうらがなしいなつかしいメロディーが
私のなかに五十年も生きていたのです
それはいつも生きていた
いつもいつも美しい雲にめぐりあいたいと思い
そう思うことで生きてゆく
勇気と希望の伴奏
その生のための色彩
戦闘もなく天国であったと父が語った海南島と
地獄の沖縄
神は不公平のようだ
「ちんだらかぬしゃまよ」とうたっていたひとたちも
どこへ消えたか知るよしもない
父も母もこの世から消えた
いつか私が消えても
そのメロディーだけは生きつづけるのでしょう

星の光と暗い小川

星の光と暗い小川。台北昭和十九年早春の夜は激化する空襲を前に静まりかえっていた。海南島に派遣される父を一家で見送るために台北から高雄まで汽車に乗る。記憶の汽車は夜の闇を走った。高雄の旅館でひとやすみしたのか。その二階の廊下のはずれに灰色のカーテンがあり、カーテンの向こうには何があるかわからない。兄と妹はこわがってその中をのぞこうとはしない。六歳になったばかりの私はなんだこんなものとばかりカーテンをパッとしりぞけて一歩踏み込んだ。とたんに階下に転落した。廊下はそこで途切れていたのである。転落した場所は一階の物置になっており、半ズボンからむき出しの右膝にビンの蓋が突きささっている。サイダーかビールの蓋である。〈その蓋の丸い傷あとは五十年経っても消えない〉。その前年の五歳には落下傘部隊にあこがれて、押入れからとびおりて足をくじいた。どのように落下したら安全かなどは考えない。落下傘部隊になりきっているので地上はまだはるか下にあると思い込んでいる。どのようにしたら安全かを考えるのが普通であろうが、その思慮の欠如が私の生涯を象徴しているようだ。まぬけなこどもを持ったことに加えて、思慮と関係なく戦争に翻弄された親たちは大変であったろう。五歳・六歳の私もまた星の光と暗い小川に翻弄されていた。

野球

戦後間もない小学校三年の夏、五歳年長の兄に連れられて後楽園球場に巨人阪神戦を観に行った。球場までなぜか地下鉄の須田町から歩いた記憶がある。実際には都電の須田町であったかもしれない。家が渋谷なのでどちらも乗りかえなしで行ける交通手段。まだ焼跡の残る神田の街に「美津濃」という商店がぽつんと一軒立っていた。この巨人阪神戦で私は激しい頭痛におそわれた。日射病らしい。兄は心配して「帰ろう」と言ったが、川上選手を眼の前にして帰るのは勿体なくも申し訳ないので帰らずに頑張った。その後試合は急に眼の覚めるような打撃戦となり、いつしか頭痛はすっかり治ってしまった。12対10で巨人の勝ちであった。野球が面白ければ病気も治るものだとそのときたしかに思った。私は小学校から中学校まで野球にとり憑かれた。のちに日比谷高校に進んだ万年級長の兄は広尾中学校で四番で一塁を守っていた。私は別の中学校に入ったがこれが二塁とか七番打者である。おまけに足が遅いためにセンター前のヒットになるべき打球を飛ばしながら一塁到着が送球に負けたりした。これでは野球選手としては見込みがないのにプロを夢見たこともあるのだからおそろしい。小学校時代に家の窓の曇り硝子に「神さま・川上哲治選手さま」と落書をしたのが、この家を建て替える二十歳（昭和三十三年）まで残っていた。

高校に入るとさっそく野球部に入ろうとしたが、なんと野球部はなし。生物部、演劇部、新聞部、弁論部、陸上部などだけである。前述のとおり短距離は苦手だったが、ではと陸上部に入ろうとした。ところが陸上部の監督が国語・漢文の井草利夫先生なのであった。このころからなぜか詩を書いていて、井草先生はそれを十分知っている。詩を書くような者がそれを知る先生の前でパンツひとつで走ったりするのは何か変である。と思うと絶対に入部は考えられなくなった。かくして一年生の分際で文芸部を創設して担任に咎められるおまけもついた。二年になって学校が広いグラウンドのある場所に移転し、漸く野球部ができたが、そのころは詩にのめり込んでおり、体だけは大きいもののすっかり文弱な少年詩人(?)で、硬球の手応えやその風を切る音におそれをなしている始末であった。茫茫歳月は流れて一昨年甲子園に出場した母校野球部の活躍をテレビで見ながら、月並でおかしいが万感胸に迫るものがあったのである。それにしても詩作と筋力は反比例するもののようだ。情ない。観ることだけは一人前というのも考えてみるとこれも情ない話だ。詩作四十余年、それと野球のどちらが重いか、いまもわからない。

漫画少年

昭和二十三年ごろ渋谷道玄坂下に小さな大盛堂という書店があった。街の噂では復員してきた青年がひとりで開いたとかで、軍服のおじさんが店番をしていた。いまでは三省堂や紀伊國屋にも負けないくらいの大きな書店となっているのだから、この噂がほんとうならあの時見たおじさんは将来大実業家になる人だったのである。家が近いので小学生の私はちょくちょく大盛堂に足を運ぶのだが、どうしても『漫画少年』を発見することができない。『漫画少年』を入手するには浅草に行くしかなかった。『漫画少年』を買うという目的で父は幾度となく私を浅草に連れて行ってくれた。ときには『漫画少年』を買いに行くという口実で父はひとりで出掛けた。あれが父の黄金の時間であったのであろう。渋谷から地下鉄に乗る。当時は銀座線しかない。必ずいちばん前の運転席のとなりに陣取る。地下鉄の闇がすでに『漫画少年』の夢のような世界へといざなう。眼を閉じれば〝色つき長篇冒険漫画〟を描かんとするわが世界である。花やしきにあそび、寄席に寄る。活弁の國井紫香も健在。四十六年も昔の光景は地下鉄の闇とともにあの世に行ってしまったも同然だが、あの闇の向こうの浅草の賑わい、人々のざわめきがいまも私の眼の奥に焼き付いている。帰りにふたたび地下鉄で眼を閉じたら、電車は浅草から渋谷とは反対の方向へどんどんと進んで行った。渋谷へは戻らない電車。闇のなかの錯覚が生涯私を支配したように思うのである。何処かへ行く。その名付けようのない世界。それが私を生かしめた。たったそれだけの回答でこと足りる人生と釈明してもよいように思える。大盛堂で『漫画少年』を入手できたなら、浅草へ行くこともなかったのか。それはちがう。父は浅草へ、浅草へ、とにかく浅草へ行くことのために日曜日を待っていたような気がする。浅草が父をなごませた。その浅草に私を連れて行く、それは父が私に漫画を描くことを黙認したことであり、自由に芸術に生きよと言わんとしたことであるように思う。漫画を描く、それは浅草という名の夢を見ること、そしてほんとうはほんとうにつくるべき詩のような世界を探すための私の旅のはじまりであったのだ。何かをつくらなければならない。何かが私を呼んでいた。小学三年で読んだ「母をたずねて三千里」や南洋一郎の小説のような夢と冒険を漫画にしたいと願った。詩にたどりつくにはそれから数年の歳月が必要であったが、それまでは日が暮れるまで野球に興じてその日を待った。野球と漫画、その幼く永い道の果てに詩が待っていた。小学生の私にはそれを予知することはできなかった。私は長谷川町子に弟子にしてくださいと手紙を書いた。お姉さんの代筆で「弟子はとっていない」旨の葉書をもらった。小さい美しい文字でびっしりと書かれた葉書はいまも押入れの奥にあるはずである。『天理時報』に漫画を投稿したら編集部から「採用するがペン使いが荒くて印刷しにくいところがあり、また葉書では小さいから画用紙に描き直して送りなさい」と手紙が来た。『漫画少年』ではいつも葉書で漫画を投稿していたし、画用紙みたいな大きな漫画が新聞に載るわけがないと思って再び葉書に描いて送った。それきり採用もされず永久に連絡なし。画用紙大のものを縮小するということが小学生の私にはわからなかったのである。かくして漫画はものにはならなかったが、いまも「漫画」と聞くと小学生のように胸がドキドキとするのである。私の「漫画」は紅い雲のようなものにすぎなかったが。あのとき、父は浅草で何にドキドキとしていたのであろうか。

父の詩集

「昭和二十年八月十五日玉音放送を聞いた後爆撃機に搭乗して沖縄に最後の特別攻撃を行なった宇垣海軍中将が沖縄本島の北約三十キロの伊平屋島沖に突入していたことが判明した。機体の状況から米艦船を攻撃することなく自爆したらしい。宇垣中将は終戦時大分の航空基地で特攻隊の指揮をとっていたが、十五日正午の玉音放送の後、艦上爆撃機の「慧星」に搭乗、他の十機とともに沖縄方面に向かい、基地に向けて「我レ突撃ス」と打電したことで知られるが、この電報を最後に消息を断ち、最期の様子も不明であった。このため宇垣中将の長男博光氏（故人）の妻富佐子さん、一族の宇垣正俊さんらが伊平屋島を訪れて、このほど遺体を発見した島民から話を聞いた。遺体を発見したひとりの飯井敏雄さんによると十五日夜八時ごろ同島南海岸沖で轟音が聞こえ、翌朝調べてみると二機の「慧星」が珊瑚礁に突っ込んでいた。計五人の遺体は島民が引き揚げて埋葬、戦後しばらくして沖縄本島の摩文仁の丘の忠魂碑の下に合祀した。ひとりの遺体は短刀を持っていたことから、短刀を持参していたことが判っていた宇垣中将であることを確認したという。宇垣正俊さんは「爆弾を装置して出撃したが遺体が残っていたことを考えると米軍を攻撃することなく爆弾を海中に捨てて自爆するため珊瑚礁に突入したのではないか。多くの部下を特攻に出した責任をとるつもりだったのだろう」と話している。[*]」

　終戦時海軍軍属海軍警部であった父は戦後職業らしい職業に就くことはなかった。晩年は豊多摩郡渋谷村当時からの家業（?）である天理教会の仕事に専念した。「戦争がすべてを変えた。」とポツリと言った。自決こそしなかったが、それはまるで自決したと同じような余生で、争わない、怒らない、無欲の日々。書道（とくに草書を得意とした）と読書と信仰の毎日で一介の天理教布教師として生きた。五十そこそこで庭の花を相手に生きていた。「どこの学校へ行っても一番でねえ。私らはいつも銀座で遊んでいたというのに。」と父の姉が父のことをよく話した。目黒区祐天寺に住むその叔母は長生きしたが、一人息子を学徒動員で亡くしている。父は正則中学校から大倉高商に行ったので英語はペラペラ。あの時代に英語のできる警察官はめずらしかったであろう。家へ来たキリスト教の米人宣教師を英語で撃退したこともあった。「お父さんはほんとうは詩人になりたかったのだよ」と母が語ったことがある。父には中学時代に書いた詩があり、それは同人誌のような手作りの毛筆の雑誌に載っていた。「ふるさとの山、川はありがたきかな」式の七五調の詩であったが、小学生の私にとっては詩のようなものを見た最初の経験なのであった。父はそれを六十歳を過ぎるまで後生大事に持っていたわけである。しかも戦争をはさんで。いつからか私が保管することになっていたのであるが、二十五歳で家を出るときに私は、「これはどうする?」とその雑誌を指してたずねる父に「要らない」と言ってしまったのだ。それきりこの雑誌の行方は不明である。父も「要らない」と言われてホッとしたのかもしれない。すべては「要らない」。これが父の戦後哲学ではなかったのか。当時の風呂には燃やすものが必要だったので、おそらく風呂釜に放り込んだのではあるまいか。自らの人生を戦争とともに放り込むように。父は昭和四十五年七月、元気に新井薬師方面に布教に出かけて帰り、夜間ひとり就寝中に突然死した。享年六十七歳。思えば医者にかかったことのない人生であった。このため警察で司法解剖を受ける。警察で「司法主任」の任務に就いたこともある父にふさわしい最期か。昭和十八年警察の道場で剣道を指南していた勇姿を五歳の私は見ている。「自決」後のさびしげな後姿。そのどちらをもいつしか空の彼方に葬ったものと思っていたが、父の詩集のことだけはどうしても忘れ去ることができない。そんな思いをいつまでも引きずっている。

＊括弧内は平成六年一月十八日付産経新聞朝刊を参照した。終戦時には阿南惟幾（あなみ・これちか）陸相をはじめ六百人を超える軍人、軍属が自決したとされる。

母よ

昭和十九年二月のことである。満六歳一ヵ月でそのような記憶があるのも眉唾ものかもしれないが、諸般の状況からしてまちがいはないようだ。宜蘭から台北へ、さらに台北市のはずれに移転。私は国民学校入学直前である。台北第二高女生である姉への兵隊からの葉書に「いざ来いグラマンさん」とあり、怒った芋虫のようなグラマンの絵が上手に描かれていた。私はそのころ〝敵国〟戦闘機グラマンどころではなく、壊疽性扁桃腺炎を患って閻魔大王に会っていたのである。閻魔大王は大男でなぜか中国服を着ていた。大王の足許には死者が七日目にわたるという三途の川が流れている。茶色い。彼は私に手招きをして「入るか、入るか」と大声でたずねている。その川に入れば体がラクになるらしいので、私は「入る、入る」と叫んだ。「入る、入る」と叫ぶ声はいまも私自身の耳の奥にある。「入る、入ると言っているけど布団をかぶると言っているのかね」と母の声がする。姉が覗いて「布団はかぶっているのにどこに入るのかしら」と答えている。私は高熱にうなされていたのである。死線をさまよってあの世を見た、という人がいるが、私もまた六歳にしてそのような場所へ行ってきたのだった。息子の死を覚悟したのか母は「もうだめかもしれない、神さまに頼むしかないね」と姉と話している。私の見た閻魔大王もおそろしいが、母にはそれ以上に私の高熱がおそろしかったにちがいない。この混濁の冥い記憶がしばしばよみがえる。六歳の記憶ばかりではない。わが一歳の御所車模様の着物のサラサラとした感触はいまも鮮明である。このころ母の乳首を吸ったが乳の出がわるい。そこで軽く嚙んでみたら母が「痛い」と叫んだ。強く嚙んだら申しわけないと考えて軽く嚙んだのであるが。四歳の基隆の官舎には広い庭に池と築山があり、森につながる崖の下なので蛇がよく遊びにきた。五歳、宜蘭の官舎にはバナナの木が数本繁っており、バナナがたわわに実る。これを米櫃のなかに入れておくと甘味が増すのである。すこしも明るくない戦時中の記憶がときに私を支配する。「今日も元気に学校へ行けるのは兵隊さんのおかげです」と歌ったわれわれの世代には不平不満というものを言った記憶がほとんどないのではないだろうか。学徒動員で二十歳でいのちを落とした従兄を思うとき、生きているだけでもありがたい。奇跡とも思える。病気。空襲。昭和二十一年三月、引揚げ船である貨物船は日本近海まできて浮游する機雷のために動けず、木の葉のようなボートでいのちからがら広島大竹港に上陸した。この世のあらゆるものがありがたい。とくに遠い記憶のぐしゃぐしゃとした混濁の世界がありがたい。そのおかげで生きてゆく力が湧いてくる。閻魔大王が勇気を与えてくれる。はるかなるわが家の玄関にたわむれる蛇がなつかしく笑いかける。雨の基隆港の大きな蟹が、雨の音が、その灰いろが、私を泣かせにくる。生きよと語りかける。

私は昭和十三年にこの世に生を受けたが、この年中原中也がその短かい一生を終えている。中也は明治四十年生まれ。同じ年に「横山光子」が旭川で生まれている。自称三都子。札幌の女学校に学び、自分の姉の夫の弟という紹介だけで北海道から台湾へ嫁にゆく変わった女性。つまり私の母であるが、中也が死んだ昭和十三年に私を生み、〝平静〟ではない明治、大正、昭和を生きてその十八年後四十代で死んだ。中也は詩を遺したが、彼女がこの世に遺したものはない。

「思ふけれどもそれはそれ
　十二の冬のあの夕べ
　港の空に鳴り響いた
　汽笛の湯気や今いづこ*」

私は混濁の世界に遊んでいる。母よ、あなたはどこに遊ぶのか。

*中原中也「頑是ない歌」より借用。

菊水通り

ＴＳＵＪＩと浅草で飲んで
ふらふらさまよう菊水通りは暗い
魚屋が一軒ぽつんとあって
ひめさざえを〝一山〟買った
魚屋と染太郎くらいしか店のない
むかしの菊水通りである
隅田川をわたって向島へ
とうぜんのようにＴＳＵＪＩ宅に泊まる
これが青春のおきまりコース
われらのひめさざえは
どこへ行ったのだろうかと
ＴＳＵＪＩに訊くたびに
あれはおふくろが冷蔵庫に入れて
そのままわすれた
という答はいつも同じ
それから私は浅草にも住み
ひめさざえ事件遠くなりにけりの
ネオンが目立つようになった菊水通りに
吸い込まれて行くのであった
通りのはずれの〈みはる〉には
六十前後の男たちが夜毎あつまって
政治を語り世をなげき
東海林太郎から坂本冬美まで
なんでもござれの歌合戦
きのうＴＳＵＪＩさんが妹さんと見えたわよ
とママが言った
朝起きると玄関に大きな靴があるの
あ・くにいさんが泊まったとすぐにわかるの
と妹がむかしの話をしたという
あの中学生の妹もいまは立派な先生である
この通りに迷い込めば
三十年前も三十年後も眺めることができる
神は便利な眼玉をくださったものだ
むかしなかったものは〝染太郎〟にできる行列
そのとなりがおじさんふたりでやっている〈糸井川〉
その真ン前のあの魚屋の位置にあるのが〈松楽〉

通りの裏手にお世辞を言わないマスターと
元文学少女のママがいる〈ジャガー〉
その前が「そちゃん」
にぎやかになりましたね
それにしても
あのひめさざえは
どこへ行ったのでしょう

堀ノ内の枝豆

昭和四十八年杉並区堀ノ内に住む詩人宅にあそびに行った。都営住宅の2DKは詩人の城である。部屋には所狭しと詩集や美術書などが積み上げられている。詩人は「よく来たよく来た」と手料理をはじめた。部屋を見渡すとタンスや本箱などはない。洋服は壁に掛けてある。トイレを借りると「レバーは静かに上げて静かに真下に下げる」と貼り紙がある。詩人の原稿や手紙にいつも書かれている几帳面なカチッとした毛筆である。「さあ料理が出来たよ」。見ると赤ン坊が二、三人は入ると思われる大きなザルに枝豆が山のように盛られている。これをドサッとテーブルの上にのせると、詩人はビールの栓を抜いた。詩人と言っても大きな出版社で部長までつとめたひとだから（と言うことだからというわけでもないが）単に裏町で飲んだくれている詩人とはちがう。「ボクも家は建てて、家族はそっちにいるんですよ」と詩人は言った。家を建てるなどということをいつのまにかきちんとやっているのはいかにも現代詩人でたのもしい。詩人の口から底なしの夢にそそがれるがごとく酒が流し込まれる。堀ノ内の枝豆がパクパクとあとを追う。人間たるもの詩人といえども健啖家でなくては面白くない、と言うのが私の持論である。そのころ南浦和でも私のとなりに坐った詩人がヤキトリをパクンパクンと食べつづけているのを見た。元気になんでもパクパクと食べるひとを見るのはたのしい。「さて、あなたの作品はいいですよ。あれはよかったですよ！」と詩人は枝豆と酒をかわるがわる口に入れながら私をはげましてくれるのであった。

あれから十五年経った昭和六十三年。堀ノ内で六十歳であった詩人は七十五歳になっていて、北入曽に建てた家に住んでいた。新宿で開かれるIKAWAの出版記念会に招待するためIKAWAとともに詩人を迎えに行ったのである。北入曽は思いのほか遠かった。「なんとかスーパー」の前で待つと言う詩人の指示どおりに「なんとかスーパー」をさがす。大きな店を想像していたのが大間違いでなかなか見つからない。ようやく雑貨屋のような店の前でしゃがんでいる老人を発見。長身痩軀、白髪に白い髭、詩人としか名付けようのない風貌は、足もとはかなりたよりないがあくまでも堂々としている。詩人が私の車に乗ったのはこれが最初で最後であった。車は詩人とIKAWAを乗せて一路新宿へ。車中詩人は「中国へ行きたい」と言った。その声のツヤにキラキラと夢が光っていた。「もういちど頑張って江東橋四丁目あたりに出て独居自炊をしたいというのが夢です」とも語った。錦糸町、両国あたりは詩人の生まれ育ったところである。府立三中を出て日本大学に進んだ。が、無学文盲と自称した。

出版記念会は盛り上がった。SHIMIZU・AKIRAも酔っぱらって入ってきた。終ると二次会だが、その前に私には任務がある。会場の中村屋から西武新宿駅まで詩人を車で送るのである。歌舞伎町は一方通行が多いので遠まわりをしなければならないが、詩人はそれをよく知っていて「区役所をまわらないとだめかもしれないよ」と言う。そのとおりである。区役所通りを下り、風林会館の手前を左折するころ「あなたの運転技術はいいです」と詩人がキッパリと言った。これは現に実行している運転の技術についてではなく、そのころ上梓した拙著中の「運転技術」なる作品のことであることは本人にはすぐにわかった。「運転技術はいい」と詩人はかさねて言った。「ありがとうございます」とか「まだまだです」などと私は答えたのであろうか。この部分の記憶が空白である。駅に着くと改札口まで詩人に付き添って行った。足もとが枯木のようにこころもとない。私はアベックがするように詩人の腕に自分の腕を通して歩いた。「大丈夫だよ」と言うように詩人は無言でそれをふりほどいた。「がんばってくださいよ。どうもありがとう」

と詩人は言うと、軽く手をあげて改札口の奥に歩いて行った。これが最後であった。西武新宿駅の雑踏の中で「がんばってくださいよ」と言う詩人の言葉は私にだけ発せられたのである。私もすでに五十歳となっていたが、若者のような力が体のどこからか湧いて来る思いであった。いまではそれが天の声であるかのようにさえ思うのである。堀ノ内の枝豆のぽっかぽっかと立ちのぼる湯気と香り。一生忘れ得ない味と香り。山と積まれたその形状。そして詩人の言葉。そんなものを所有した私はそれを誰かに伝えたいのだが、何年ものあいだうまく行かない。会田綱雄の肉体はないがその魂と詩は永遠である。そんな表現力しか私にはないのであろうか。

（『紅の汀』一九九四年思潮社刊）

詩集〈丘の秋〉から

遠い汽車の汽笛に

汽車よ　何処へ行くか知らないが
東へ向かったのか　西へ向かったのか
いや　それはどうでもいい
汽車よ　美しい自然の中を走れ
何処までも何処までも夢を求めて
走れ　走れ
小さな駅で傘を二つ持った女の子は
姉を待っている　そしてお前に
幼い夢を託すだろう
汽車よ　何んという幸福者か
晴れた空の下では
畑で仕事する赤い頬の少女や
多くの人々は手を休めて
皆んなお前を見送るのだ

美しい自然の中で……
お前は何んという幸福者だろう
あゝ　聞こえ来る汽車の汽笛
美しい自然に向かって
寂しく旅立つのだ
自然はそんなに寂しい所か　それとも
遥かに聞こえ来る汽車の汽笛だけが
僕の耳の奥に寂しく残ったのか

小路

土手にはえるぼうぼうの雑草を
伐ったすぐあとの
新しいにおいのするこみち
あのあたたかい世界の
なつかしいにおいに溢れている
たそがれのこみち
このこみちを通るとき

紅く映えたゆうやけの空を
仰がずにいられるのは
余程の幸福者だと思う
あの美しい空を
どこか遠いところで
きっと誰かが見ているに違いない
もう一度
たそがれの空を仰ぐ
新しい色をした雲が
おどっている

夕暮れの町

町の家々に灯がともる頃
僕はみなし児にかえる
遠いいつの日にか見た
フクちゃんの漫画を思い出す
夕暮れの町の風景

あゝ良く似ているなあ
フクちゃんが露地から
とび出して来たよ
僕は僕で
屋根から屋根へ
とびまわったり
あの灯を見つめながら
一人で手をたたいたりする
お月様が
きれいだった

九月六日午後四時

青空を渡って行く白い雲は
やけに自由で大きくて
素晴らしくのんきな奴だ
あんなに広々としたチリ一つない大空が
皆あいつの世界だなんて
全く幸福者だ
だからかも知れない
俺の故里はあいつにしか分らないんだ
ねころんで空を仰いでいると
眼がだんだんきれいになって行く
白い雲が俺の眼を
こんなにもきれいにした一時《ひととき》
九月六日の午後四時よ
今頃遠いあの人は
畑もある山もある川もある海岸もある
美しい城下町を
学校から帰って行くところかも知れない

風

秋のおとずれを知らせる風が
眼から心臓に抜けた
流れ行く白い雲の切れ間に

何処かの田舎の秋が見える

暗い夜

遠い国で過ごした日が舞い戻って来た
窓の外にはいつかの
名も知れない儘の片田舎の灯の様に
雨が光っている

鈴掛の木蔭

鈴掛の木蔭で秋を見た
赤い屋根の上の
喬木の梢にさゝやいている
秋を見た
短かかった日の
ススキの河原の空の色が
くっきりと
よみがえっている
秋を見た——
この空の碧さだけが
有れば良いと思う秋の日は
知らない内に
静寂の
鈴掛の木蔭に来ていたのだ

秋の日

高い一直線の高圧線が
かすかにゆれて
秋の雲がひっかかった
蒼い蒼い空の中から出て来たのは
空の汀《なぎさ》を求めてさまよう
悲しい一羽の鳥であった
こうして私は

木の葉のざわめきを
遠くで感じた

赤い花

窓に映っているのは夜の影
たしか
音もせず
そっと木の葉が散りました
屹度
あなたは茶いろい壺の中で
冬を仰いで昇天する
でも泣かないで
わたしも花瓶の赤い花
窓の外の
遠い星ばかりを
なつかしむ

NOVEMBER の前身について

そう言えば
瞳もくりくりしてきれいに輝いていたし
雲の切れ間に
秋の碧い空が
顔をのぞかせていましたよ
この瞳には!!

ああ
体も小さかったし
一人秋の大空に住んでいて
方方を見渡せる可愛い鳥でしたっけ
この風の中で私は——

私は

遠い屋根屋根を

そのかなしげな大きな手で
再び包んだ
紅い　落日

私は　かれの
紅い小鳥であった

いりひの中を
人知れずよく啼きとんで行く
私は　かれの
紅い小鳥であった。

はるかなはるかな日日。

午前零時

末だやまぬ街の遠い騒音が
縁の下でごそごそと呻いている
柱時計が十二時を打った
深い深い夜だ
私を呼ぶずっと遠い昨夜からの
夜の彼方の景色が見える
はるかの紅い落日につづく
谷川に添った幻の村が見える

冬の朝

空は高く蒼く澄み
つめたい風が吹いている
白い渚のように美しい雲は
時計台の彼方に棚引いている
この世のものが小さく
遠く離れて行く冬の朝
なつかしい音楽と
夢のような幻が宿っている空は
清水のかさなりとなり

ほのかな光は渚の上にある

夜の雨

持続という名の不安を希望にかえよ
はるかな国からの哀しみを微笑にかえよ
たましいの悶え失せぬ内
お前の香りを壺に満たせよ

小径

ひそかに紅い椿が
無限をささやいた
星のきれいな或る春の宵から
少女は此処を通らない

丘の秋

窓の硝子が重なっていた
枯草をわたる風のように
きえてしまった小川のように
きいろい家々のように……
さまざまな私のために
私はその隙間を泳いでいる

明日のない兵士達の手を
貨物列車で消えた殉教士達の手を
桔梗のようなそれらの手を私は知っていた
思いっきりの
たとえば原色の絵のように
その日へのそれはゆるやかな山路であった

鍵をぽけっとにつっこんだまま
時計ばかりが廻転していた日日
ただ遺る

あぜみちの童女とすすきの河原
私は一億光年めをうたって踊る
ああ　きいろい葬列よ　空よ

樹

雨！　雨！　雨！
ひかった屋根がたくさんころがっている
くろい枝の先から枯葉が一枚散った
少女がとびだして来て消えた
ぼくは手製の絵葉書を
誰にともなくばらまき
足の裏の丸窓をあけて
つめたいれーるにねころんでいた
幻の少女が雨をはこんでくる
ねずみいろの街のなかへ
幻がぼくを誘う
樹が生え立ちはだかって

狂気の海のように
ぼくを呼んでいる

遠い山脈

鏡の前の患者は立ち上がった
「少女よ　丸窓をあけよう
西洋風の物干台からは
色褪せた風船をとばしてみよう

おきわすれてきた
そらいろの靴やセーターが　うかんでいる
それが
とおくとおくみえなくなってから
少女よ　アルバムをひもとこう
あぜみちのすみになみだをおとそう

きのう

らくだに乗ったゆめをみた
月のよるにうなばらのような沙漠をこえ
たしかだれかと
この朝　街で握手をした……」

竪琴を背負いながら
彼はその胸から一ミリ一ミリくろい糸をとりだして言った。

眠り

桔梗のような
部屋
欺かれた人のように
ぼくを手放しにする
部屋

どうして遠いレールがかがやいているか
どうしてぼくはぼうぜんと立ちすくむか
もうずっと昔に別かれたのに
少女が淋しそうになつかしくほほえみかけるか

生きているから
昔のように両眼があるから
ぼくは孤独に悩まないから
うすむらさきいろの花のなかから
いつかのテープがとりだせるから
ぼくはぼくの内部に答えながら
石のような
まぶたを伏せる

闇のなかの
どこかの駅の近くの
小さな踏切をぼくはみている
畦道のようなひそやかな歴史のなかの
ぼくの古い汽車にゆられながら

二子玉川にて

私は不親切な手紙を拒まないだろう
青い松林を探し当てたとき
空を仰ぐようにおののきながら

白い雲の湧いている六月の二子玉川の河原
私は東京をばかに広い都会だと思いながら
空気のような心をもてあそぶ

ぼくらの日

ぼくらから去って行ったものを
ぼくらは追わない
ぼくらから去って行ったさびしいものを
ぼくらは愛さない
本郷森川町の
陽もとどかぬ狭い急な坂を
そうしてぼくらは降りてゆく
秋には汽車がゆったりと走り
稲田の真ン中でやさしかったのは
神ではなく
母ではなく
ぼくらのはつらつとした風だった
ぼくらのあのはつらつとした風のなかで
日々ぼくらは生きながらえた
地平線上には山があり
くろい山があり
広い未来
おまえとぼくはぼくらに不親切な多くの人に
幸福をはこぶことはないのだった
ひとりの少女が
ぼくらをひそかに愛したとしても
ぼくらは少女に会わないのだった
月日は流れ

青く流れ　灰色に流れ
ぼくらはみごとに成長した
ぼくらはみごとな大人に成長した
そうしてしかし
おまえはぼくをあざむき
ぼくはおまえをあざむき
やがてぼくらは分らなくなる
やがてぼくらは泣き叫ぶ
やがてぼくらは
やがてぼくらは心中する
陽もとどかぬ狭い急な坂を降りきり
ぼくらは死ぬ

夜ノ東京駅

誰モイナイ大キナホームガ
幾ツモナランダ夜ノ東京駅
吹キツケル風ハ凍ルバカリ

ナニモカンガエナカッタラ
ホトンド暗イ隣ノホームヲ
一匹ノ仔猫ガ走ッテ行ッタ

十四番線カラ名古屋行キガ発車シタ
十五番線カラ大阪行キガ発車シタ

ボクノ手ノナカデドウデモイイコトガ
ボクヲ成長サセタノカ
コロンデモハネ起キテ
ホホエムモノガアル
ボクニホントウニ優シイモノガ
胸ノ底ニウズクマッテイル
冷タイ雨ヲ縫ッテ
ボンヤリト遠イ灯ガ
胸ノ奥底ニ沁ミトオル

逆サマノ黒イ山ナミガ
ヒックリ返ッタ見知ラヌ街ガ

眼ノナカニトビ込ンデクル

お前の顔はないか

どこかに顔はないか
泣きべその顔はないか
まん丸い顔
ちっちゃい顔
夕日のような顔
お前の顔はないか
草むらにころころと
ころがったから顔はないか
色つき冒険漫画を描く少年の顔
ショパンの顔
灰田勝彦の顔
名子役の顔
山下清の顔
デビー・クロケットの顔

お前のいろいろの愉快な顔はないか
海のようなひろびろとしたところへ
落ちる顔はないか
落ちて消えたか
ぼくの宝はないか
宝からぼくは空気を吸ったが
ビルの下にはないか
朝八時半の中央線にはないか
冬の終りの青い空にもそれはないか
どこかに顔はないか
お前の朗らかな顔はないか
ぼくのてのひらにもないか
際限もなく歩いて行く道路にないか
ぼくの遠い畦道にないか
＊『丘の秋』は第一詩集以前の初期詩篇を収めた詩集。原版は旧字体を使用。本文庫では新字体で収載した。
（『丘の秋』一九九六年ミッドナイトプレス刊）

詩集〈東京物語〉から

啼く鳥

あの鳴き声は鵙《もず》か仏法僧か梟か
夜毎隣家から聞こえて来るのは
不満げな孤独な鳥のくぐもり声
ついつぶやかずにはいられない
鳥を養うなかれ又飼うなかれと
自由にうたうために生きる者を
籠のなかでうたわせられようか
真冬の樹樹に若芽が萌え出ずる
深紅《しんく》の薔薇が静かに咲いている
月下に薔薇が堂堂と生きている
風が気儘に清《さや》かに流れる夜と昼
その森の道を自由に歩くために
藍色の音楽のなかを飛ぶために
鳥たちもわたくしも生きている

幻視の海

水平線のかなたの遠い白い丸いものを
ひとは恐らく岩か鶴かと思うでしょう
だがそれは日《ひ》という文字に見えていて
狂気とも読めるわれは今更何を隠そう
その地点に辿り着くために生きる海鳥《うみどり》
水平線のかなたの事象ばかりを想って
水の底の底を見ていた悪戦苦闘の歳月
或る点と空間がわが求めるべきものと
水平線のかなたの白い丸いものこそが
自分を生かしめたと想いはじめていた
冬の風強まる海の向こうに見えている
だれもが岩か鶴と思う白い丸いものは
たしかに岩か鶴と決められたとしても
じつは叫ぶ鯨飛び立つ渚鳥《すどり》ひとり泳ぐ海亀
去年《こぞ》の浜辺の蒼い貝光る日という白い文字
岩を岩として見てひとは生きているらしい
恨《ハン》の習性われに無けれど信心浅き者は悲しき

乱暴な人間コワーイ人間から逃がれていたり
〈博徒や不良少年を住み込ませて更生させた
元警部で宗教家わが父とは大違い〉
せめて許せと乞い終日《ひねもす》佇《たたず》むわが海の汀《みぎわ》
棚引く紫色の雲の果てに陽《ひ》沈みてもなお
紫万年青《むらさきおもと》の緑色と紫色と白い花花に包まれ
見詰める遠い白い丸い形状とわが音楽の生命《いのち》
地球がだんだん暗くなるとも永遠に光れる薫り

手紙

「いま仕事で名古屋からの帰りのひかり号のなかです
移動のときのひとりでいる時間がとてもたのしみです
外はもう暗いので窓に映るのはリラックスした自分の顔
東京に着いたらすぐに役わりをもった顔になるでしょう
佐藤春夫の「少年の日」を口ずさんだのは中学生のころ
立原道造をいつもはなさなかったのは高校生のころ
――」

Kさんの手紙はビジネスの途上新幹線の中で書いたものという
わたくしは中学時代佐藤春夫など知らず
夕日が落ちて消えるまで憑かれたように野球に狂った
〃野ゆき海辺《うべ》ゆき
眞ひるの丘べ花を藉《し》き……〃
高校一年秋この詩に遭遇して「人生」が変わった
〈こんなものを書く人がこの世にいるとは!〉
「――あなたの書く東京、下町の風景に
時代も土地もちがう故郷の街で
幼いころの自分がいまも行き場のない顔をして立っている
そんな光景がだぶってきます――」とKさんの手紙はつづく
冬の夕暮れ水色の空に次次と黒い雲が重なり
木木の葉が揺れビル街に灯が点り
つめたい風に曝されるがまま
見える風景と見えない風景をわたくしは見ている
Kさんの手紙の最後に

「私をおぼえていらっしゃいますか?」とあった
おぼえています帰らぬ河の匂いのようにと言おうか　それとも
おぼえていないと返事を書きましょうか

純粋高校

わが中学の野球部は思えば姑息な野球を強いられていたものだ。バッターボックスに立ったら出来る限り深く構えろと言う。最敬礼をするような姿勢である。これならピッチャーがストライクを投げにくくなる。ぜんぶ四球《フォアボール》である。たまにこれぞと思う球だけを選んで打てというわけ。わざとファールをたくさん打ってピッチャーを動揺させろとも言う。なんという野球であろう。育ちが悪いというか、下司《げす》な発想と言うべきか。監督の言動にはさすがに疑問を持った。高校に入って戸惑った。広いグラウンドに身に付いた狭い料簡。野球をやるとついその癖が出にけりであった。恥ずかしい事態。来る球来る球わざとファールにする。わざとやっているのだからピッチャーも不機嫌になるかと思ったがそんな気配は無い。ニコニコと笑っているではないか。キャッチャーも味方の選手もだれひとり文句を言わない。「バットを振るのが早すぎるんだよ」とアドバイスをする。わざとやっているのだからそんなことは先刻承知である。みんな育ちがいいのかなあ。なんで怒らないの? と思ったものだ。わが中学での体験とは雲泥の差。素直に、純粋な気持ちでバットを振れば良いのに、自分はなんというなさけない中学に行ったのであろうと思った。この高校はたしかにみんなのんびりしている。他人を蹴落としてやろうなんて野郎は居ない。普通の成績ならまず全員大学へ行ける某大学付属高校という環境の所為《せい》か。杉並区は大きな蒼い空が何処《どこ》までも広がっていた。白い雲がぽっかりぽっかり浮かんでいた。漸く戦後十年になろうとしていた頃である。わが高校の隣の明大野球部宿舎ではまだ学生の秋山、土井が歯磨きや洗顔をしていた。折角野球がこの世で唯一最高の価値有るものと思い込んでいたのに詩なんかに出会ってしまった。高一後半不覚にもと言うべきか広い空に吸い込まれるが如く詩の擒《とりこ》となりぬ。詩を書く少年、わあー、我ながら胡散臭い。いけ好かない。だが如何なる力を以てしても止めることが出来ない。詩魔という魔物有りて湧き出ずる詩擬《もどき》の洪水。蒼い空広し。また甲州街道に冬の雨降れば鈴掛の葉の枯れて散るのもいと面白し。この面白しは勿論趣《おもむき》が有るの意。

もののあわれを知るゆゑに
水のひかりぞなげかるる。
身をうたかたとおもふとも
うたかたならじわが思ひ。（佐藤春夫「水邊月夜の歌」
の一部）

などをノートに書き写して広き空の下、行き場無き苦しみを苦しみ草のうえに寝ていたり。変な奴である筈なのにこれを咎《とが》める者無し。単に無視していたのか。おかげさまにてわれ詩にますますのめり込みにけり。「太陽万歳！　闇はかくれよ！」（プーシキン）。

夕波くらく啼く千鳥
われは千鳥にあらねども
心の羽をうちふりて
さみしきかたに飛べるかな（島崎藤村「草枕」第一連）

歳月は瞬《また》く間に過ぎ行けり。昭和二十九年、昭和三十年のわれらが某大学付属高校は何処《いずこ》に消えしか。母校は現存すれど昔日の面影極めて薄し。級友たちのうえにも時は流れて、医師、先生、社長、警察官、クリーニング屋に化けにけり。この現実じつに信じられないなあ。蒼い広い空はいまも在る。浮かぶ白い雲。われらはあの雲の果てに閉じ込められているのではないか。これは詩に捉われた異端児の妄想か。弁論大会で全国優勝という変なのも居た。詩を「文章クラブ」に投稿する者が三人も居た（一人は国語と幾何を教える財部先生。もう一人は柔道部の福田）。後輩に高田美和！　わが姑息の野球を非難する者無し。わが詩を貶《けな》す者無し。のちの浮世は人を蹴落とす、詩なんぞ悪意か野面皮《のめんぴ》の思想に依りて簡単に否定する、嫉妬や殺されかねない修羅場。純粋高校は丸ごと多分何処かに閉じ込められているよ。遥かな日の太陽の下、白い雲のうえなんかに。

蔵前橋通り

痛風の発作は通常一週間ほどで治まるが、この期間は三メートルも歩けず、十秒も立って居られない激痛に断続的に襲われる。骨を鋸で削られる痛さと表現した同病者が居たがそれ以上の感じ。四度目の発作なので重症なのか、今回は一ヶ月間も右足の激痛と付き合うハメに。初回は左足親指付け根、二回目も同様箇所だが更なる激痛、三回目は両方の脹脛《ふくらはぎ》、今回は膝である。だんだん上に上がって来るという説は正しいらしい。漸く百メートルほど歩けるようになっても階段は一段も上がれない。右膝の激痛。駅の利用は絶望的。近くの郵便局、歯医者、スーパーなどには二週間目くらいからなんとか歩いて行けたがこれでも大変嬉しかった。健康な足がこれほど崇高に思えたことは無い。更にありがたいものは車である。激痛のさなか数年来通院している東京女子医大病院に行った。階段を利用せずエレベーターで四階の整形外科へ到着できる。茨城方面や成田や高尾山へも行った。発作が左足に出たなら運転も楽だが、右足なのでブレーキを踏むたびにハンドルを左手に換えて右手で足を持ち上げる始末。それでも従順なる愛車のおかげで斯様な移動とストレス解消が可能。激痛のなかで手足を捥《も》がれるようにしてこの世とおさらばして行くのであろうという思いから、なんとか救われるという次第。斯かる愛車をしばしば蔵前橋通り亀戸四丁目のコンビニ・ファミリーマート付近に停車させてひと休みすることがある。道幅も広く、総武線を挟んで並行する京葉道路よりも車の数が少ない。次なる信号まで距離が有るので車の流れも良い。痛む右膝をさすりながらエアコンの温度を二十四度にしてひと眠り。「そう、痛風にはプリン体を多く含む食物を避けることですよ。それに精神的ストレスは血清尿酸値を上げるのでストレスを適宜発散するように工夫しましょう」。東京女子医大病院の美人女医・澁澤美保先生がこのように指導してくれている。〈だがこれは夢だろうなあと夢のなかで思っている。白日夢ってやつね、などと〉。「痛風の痛みをやわらげるには、漢方的な方法ですが、大根おろしに生姜を擂《す》りおろして醤油をかけて、これに番茶を入れて飲んでください。痛みがとれますよ」。先生はそのようにも言った。「え？　発作の前には二日連続でカツオをブツ切りにしてニンニクと醬油を混ぜてたらふく食べたって？　カツオ切身八〇グラムに含まれるプリン体は七二・二ミリグラムですよ。痛風にもっとも悪いと言われるビール大瓶一本六三三ミリリットル中のプリン体三二・四ミリグラムの二倍以上です。では今日からわたしが山芋とかサツマイモ、えのき茸、トリの笹身（鶏の胸の肉）などプリン体の少ないものを食べさせてあげますよ」。と先生が喋っていると思ったが、これがどうも先生の顔と声ではない。年齢不詳だが優しい顔。ありがとうございます。天使のようなあなたは誰ですか？　と訊《たず》ねようとしたら間《かん》髪《はつ》を容れず「わたし、あなたが治るように今晩から断食をします」と言って消えた。天使のように穏やかで綺麗な顔の人は何処に行ってしまったかと辺りを見渡せば、「ファミリーマート」が寂しげな佇まいで営業をしている。客は入らない。春遠けれど太陽飽くまで明かるし。天使のような「人」が居るわけが無い、と思いながら〈やっぱり夢で〉転寝《うたたね》から醒めた。古今和歌集に「転寝に恋しき人を見てしより」など有りぬ。それにしても「あなたのために断食をするの」と言う殊勝な女性に遥か昔に逢った記憶も有るような気が少しする。現実《うつつ》か夢か？　いや勿論夢じゃ、そういうものはゆめに決まっている、と徐徐に正気の思考に戻った。夢に夢見て、夢の直路《ただじ》を通《かよ》える儚《はかな》さ嬉しさよ。「咳をしても一人」（尾崎放哉）。古今和歌集にまた「恋ひわびてうちぬる中に行き通ふ夢はうつつならなむと」と有る。夢の天使、美人、宜女《よろしめ》、優しき顔。何方《どちら》にしても夢はゆめ。

大根をごろりと置きし机かな　〈裏通〉

夢の声

見えないこいびととは何処に居るのと問う
その声はだれの声なのか聞き覚えは無い
深緑色の葉が匂い立つ崖の上の森の入口
木木は日毎夜毎光る虫達のようにふとり

憧れる人の生命力のように赤い実を付け
荘厳な音楽は崖を走り風は静かに唄った
拒絶の美を誇示する鳥は繁る森に帰った
雲に隠れている記憶の顔は思いだせない
忘却の渚を往き六十年を隔てて岬に戻る
北回帰線上の冬の港の昔の空よ古き唄よ
鬱蒼たる森の一本の樹の下の夢と空間よ
遥かな日のつめたい風が吹き抜けてゆく
携帯火鉢に両手を翳《かざ》して去りゆく老女よ
再会のぬくもりのごとき歌えとの声有り
台湾が故郷と言わんとすれど唇は動かず
わが台湾はわが胸の中に在ると胸に呟く
夢の空間に呵呵《かか》大笑《たいしょう》する現代人は居ない
夢の台湾が現在の台湾であるはずが無い
夢の声は宿命を示唆するように響き渡り
わが追憶も木木の間の群青いろの静寂《しじま》も
海蛇遊ぶ荒れる海峡に沈む夕日の速度で
見えないこいびとの胸に傾いてゆく午後
見えない夢の声消え去りて光る深紅の汀《なぎさ》

追憶の如くに群れる森の蝶〈裏通〉

月下の薔薇

〈……思いがけず未知の詩人からお便りを受け、言葉の往復のあと、同じ引揚げ船で紀州の小さな港に機雷を避け辿りついたと知る。私は十歳の少年でしたという書き出しは、船を待った岸壁の倉庫の床の冷ややかさや、夜半に確かに聞いたという一発の銃声や、長い船旅の中で密かに船尾から海に放たれ泡と消えた船中の死者のことを、覚えていますか覚えていますかと問いかけてくる。……〉。久宗睦子さんの「月光の薔薇」と題する詩の一部である。形としては詩の一部だが、わたくしには詩の全部のような衝撃を与えた箇処。わたくしの場合は八歳であった。日本軍が散蒔《ばらま》いた機雷のために引揚げ船である貨物船が近づけず、日本の島影を眺めながら大人たちは「日本を見ながら死ぬのか」と嘆いた。長い船旅に死者二人、水葬を二回行なった。〃船尾から海に放たれ泡と消えた死者〃のことは六十余年が経過してもはっきりと憶えている。死者がデッキ（deck）から海に降ろされ沈められると、この世のものとも思えぬ低い汽笛が何時までも鳴っていた。冥い海の灰色に渦巻く泡が脳裡に消えないのは記憶か幻覚か。海蛇の群《むれ》は幻覚ではない。汽笛の低音も今猶耳にある。絶望的なのか希望的なのか子供心にも極めて不安定な心身の状況下の何日間。海と空だけを眺める貨物船内で赤ン坊がひとり生まれた。この赤ン坊も生きていれば六十歳を超えている。台湾生まれは「湾生《わんせい》」と呼称され、「内地」生まれの大人たちに揶揄されたが、東シナ海上で生まれたこの人はなんと呼ばれたのであろう。わたくしどもの場合は引揚げ船から木の葉のようなボートに乗り移り、上陸したのは広島県大竹港であった。人が矢鱈に沢山居る引揚げ者収容所には自分たちの帰るべき故郷の地図が何百枚も貼り出されている。「湾生」の自分には帰るというよりも初めて訪れるところである〃故郷〃東京都渋谷区猿楽町方面は朱色に塗り潰されている。空襲で消失したしるしである。

昭和二十一年三月の八歳の出来事をしばしば思いだす。今また「月光の薔薇」なる詩に依って五十年前に引揚げ船のことを書いた拙詩を思いだした。体験談そのもののみを書くのはわが詩法として抵抗があるが、二十歳の時にこれだけは書いて置きたいと思った心情は忘れ得ない。丁度二十歳の頃に「二十歳の詩集」という歌謡曲が流行った。フランスや韓国では詩人や詩を素材に流行する歌謡があるが、日本では稀有のことなので面白がって歌ったが、「二十歳の詩集」の歌詞とは残念ながら如何にも異質。わが「二十歳の詩集」は独自に勝手に空廻りすることを余儀なくされた。久宗睦子さんに手紙を書いた〃あの時十歳〃であった見知らぬ「湾生」の先輩よ。われらの暗黒の少年時代の証《あかし》に、わが「二十歳の詩集」を繙《ひもと》いてみましょうか。遠慮がちに。〈……かれはかれの生まれた基隆の港から　いつしか貨物船に乗せられていたすべてが船から遠ざかっていった　毎日毎日海ばかりだった　人間がごろごろ寝ころんでいる船底は真っ暗で　パチャパチャ水の音が聞こえた　バナナはかれの知らない間に大人がたいらげてしまったかれは幼い夢に見た見知らぬ故国を眼前にした　それは海の上にうかんだくろい島々だった　キライがあって船が動けず　大人たちは勝手に悲壮な顔をした……〉。二十歳の詩「ふるさとのない男」の一部分。単に懐かしいという言葉は所有しなかった。昇華も消化も出来ない体験がわたくしの中にある。それをお供に生きてゆくのか。それともこちらがお供か。何方《どちら》にしても、遥かなる水葬だけは忘れてはいけません、という（恐らくこの世に居ない人の）声をわたくしは何十年も耳の奥にしまってある。久宗睦子さんは「月光の薔薇」を見た。わたくしは控え目に「月下の薔薇」を見る。（光っていないかもしれない薔薇）。その薔薇が語りかける言葉だけを聞いている。戦争を始めた者でもない子供が戦争で殺される。歴史、運命と片付ける人が偶《たま》さかしたり顔で濶歩する現代を殺されそこないのわたくしが見ている。昔の子供らが見ている。

東京に雪が降る

東京に雪が舞うよ
東京が雪で埋め尽くされたら
何処が底かわからなくなるだろう
灰いろの空は怒りわが胸は黙す昼下がり
南無妙法蓮華経の文字が三つも書かれた手紙が舞い込ん
だ
この七文字三回も書くのは大変だなあと思いながら
人の世の〈底〉なるものを考えていた
地面で言えば地輪・金輪《こんりん》・水輪
そんな大それた智慧はなく
同じ歌ばかりを唄える
智慧の見えぬ者は
深い灰いろの空を仰ぐよ
那由佗、阿僧祇《あそうぎ》、阿僧祇國
今日、そんな壮大な発想は扨措《さてお》き
東京の雪よ何処へ行くのかとただ思う
信心深き人の手紙にも舞う雪の生涯などを

地獄即寂光　生命《いのち》耀《かがや》く人よ同志よわたくしのとなりに居
　てひたすら
共に朗朗と唱題されよ
雪しんしんと降りつづけば
愚かにもあさましく浮世は忘る
「あさましきなど言ふも愚かなり」と
増鏡（鎌倉時代の歴史物語）に有りしが
痴痴《おこおこ》しきと指を差され桎梏《しっこく》を強いられても
雪の果ての何時かの何処かの街の灯を見ている
雪の果ての遥かなる街の灯に命《もとず》く生命がわたくしを生か
　しめている

美しい道

生涯誰に読まれることもなく
埋ずもれゆく我が詩篇ありき又楽しからずや
と日記に記して人生に幕を閉ざさんと愚考す
ふと暮れ泥む空に向けて顔を上げれば

四季未だ白き雲とともに我が頭上に在りしが
遊びをせんとや生まれけむとうそぶいて我は去りゆく
「栄光はわが胸にある。世評にはない。」（シラー）
「さいわいは心より出でて我をかざる。」（日蓮）
我が十六歳の詩の行方はいずこなりや
五十三年間誰の眼にも触れていない「詩」などを
まぼろしの美しきひとの背中に書いてみたしと愚考せり

美しい道

十九世紀のロマンチストを夢見て
白い雲は遠く遠く流れて行くのか
無口な少女が日毎忘れることのなかった
つめたい青い空の泉に向かい
永遠の道を残し
白い雲は今日も遠く遠く流れて行く
明日の為に
道は昨日へ夢の森へと遙かに續いている

（昭29・12・29作）

雪降る湖南線

松汀里《ソンジョンリ》駅の上に一月の空が水いろに晴れ渡っている
零下十度の風が大自然のような街の中を吹き抜ける
光州《グワンジュ》から西へ約十キロ初めての土地こそ懐しきかな
松汀里から老安《ノアン》へタクシーを飛ばした
湖南線老安駅は松汀里駅の次の駅だが
汽車《キチャ》は一時間に一本も来ないのである
凍てついた畑の道を飛ばすタクシーに
運転手の友達の兵隊が乗り込んできた
老安駅に立つと北海道の神居古潭《かむいこたん》駅を思いだす
澄み渡る空とカミソリで頬を切られるような風
だが明かるい太陽の光は一面の眺望を照らした
雪の畑と長い長い線路とポプラの行列と人の声
異国が昔聴いた音楽のように無常を語りかける
老安駅から松汀里駅へ粉雪舞う湖南線で戻った
汽車は長閑《のどか》な方言《サトリ》に溢れていて楽しきかな
松汀里駅前の木造三階建てのビルディング
中の喫茶店《ターバン》は広くて立派で日本的な雰囲気
煤《すす》けた大黒柱と整然とした大天井の佇まい
戦前日本人が造ったそのままであるという
風は穏やかながら身を切られる寒さの快さ
寂しげだが堂堂としている雪降る湖南線よ
老安の駅よ　松汀里よ　ターバンの美女よ
風が凍るような風景の中に松汀里人が居る
昔の日本人が見ている鈍色《にびいろ》の平和よゆめよ
見えないものをわたくしは黙って見ていた

冬の教室

風の温度・湿度で風景が見る見る変容する
大韓民国全羅北道《チョンラプクド》の冬零下二十度の商店街
だが希望を支える街並は静かに燃えている
午後五時国中にいきなり国歌が鳴り響くと
誰もが歩行を止め胸に手を当てて唱和する
ホンミ外国語学院日本語科は大盛況なれど
未だに反日反日と風が怒り出すような気配

嘗て全羅北道全州《チョンジュ》市は抗日闘争の拠点なり
世が世ならば如何なる運命が待っていたか
よりによってこの街に迷い込んだのも縁か
年輩の日本語教師は貝のように黙している
こころで謝罪せんとあれこれと愚考すれば
戦前戦中良い日本人にばかり出会いました
と彼は此処ぞとばかりに先手を打って来た
異国の街の片隅の寒い教室に輝く瞳が有る
熱気あふれる日本語の授業は白い木槿《むくげ》の花
のような華やかさで明かるく盛り上がった

浅草幻想

冬の風の中今日も楽しき雑踏にいる
太陽の下裏通りが確かに笑っている
あさくさはコドモの時分に何百回も
父に連れられて来たっけ遠い遠い日
『漫画少年』を買って貰って徘徊し
『花やしき』に遊びし遥かなる時間
幻かゆめとしか思えぬ特権的瞬間よ
いまはひたすら悔恨頭上に乗っけて
紅蓮《ぐれん》の井戸掘りさながらひとりして
ひとの流れ風の流れ時の流れを眺む
父も父のなげきも消え去りて久しい
冬の昔のギターも再び鳴ること無し
心に鳴るのは竭《つ》きること無き冬の風
だが昔の匂いの裏通り碧い空蒼いよ

浅草や裏道ゆけば冬薔薇《そうび》　〈裏通〉

浅草冬景色

浅草松風は酒を一人三杯までしか飲ませない
くぃくぃくぃ！　今宵は剣菱よりも男山だね
東京にしんしんと雪が降り
浅草はしんしんと冷えて来た

いやあ北海道みてえだなあ
と知らぬ男が言う
袖振り合うも他生の縁
北海道の方《かた》ですか
そうじゃねえけどよ
は？
おたくクニはどちらで
わたしクニちゃんて呼ばれてんだけど
たくぅ、ふるさとだよ
えーと？
考えることあねえだろ、ふるさと！
東京かなあ
そのかなあってのはナンなんだよ
だって本籍地だから
生まれ故郷ってやつよ
へ？　じゃタイワンね
タイワン！　日本語うまいねえ
昭和二十一年小学校三年から東京だから
じゃうめえわけだ

そうじゃなくてわたし日本人ね
そのイントネーションやっぱしタイワンね
わざとやってんだってば
オレなんか東京四代目だからね、江戸っ子
わたしも東京四代目ですよ、だから江戸っ子
タイワンて言ったろ
オヤジが東京三代目ね
ナニそれ？
オフクロが北海道生まれね
どうなってんの？
北海道と東京のハ、ハーフが台湾で生まれちゃったわけ
まあなんでもいいやね、北海道だねえ今夜
ホントホント
北海道知らねえけどよ
ナニそれ？
つまりあんたも江戸っ子だ
ありがてえ、でも一寸条件が変てこかなあ
オレたちの世代にゃすぐにわかるってことよ
するってえと同じくらいのトシかな？

美空ひばりと同じね　昭和二十一年は小学校三年
おたがい長生きだね
それほどでもねえけどさ　ひばりはいいいいよなあ
いいいいよねえ　うまい！　もう一杯！
最後の一杯ね

「数日の鬱念一時解散す」（「平家物語」）か
さてお次は金鮨か「さゝ」か
それとも松楽？　居酒屋慶州？
窓のそとは雪
パラパラ、ドサドサ
江戸っ子っていいなあ

雪の夜の旭川

雪降り続く深夜の旭川の街よ
平成十九年から遡《さかのぼ》れば百年前
明治四十二年僅か二歳の母は
雪の旭川に何を見ていたのか
札幌の女学校から台湾へ渡り戦後は東京
この年代の人人が皆そうであったように
時代に翻弄されて生きた短かい母の生涯
母にとっては自分の存在の証であろうか
北海道訛りを道連れにして人生を送った
というのが母に纏《まつ》わる強烈な記憶である
訛りなつかし月寒《つきさむ》の団地の前に続く白き雪道
しばれるバスの停留所にわれひとり佇みしは
昭和五十二年母なきあと二十年が過ぎていて
雪舞う灰いろの空のうえに母の声を見ていた
あれからさらに三十年が流れた
過ぎ去りしわが人生の向こうに
明治四十二年二歳の母がひとり
雪明かりの道を眺めている夜更
わが寂寥ははっきりと拒絶する
音楽の生命と郷愁を伝える不世出の才
即ち天満敦子のヴァイオリンの音色と
或いはモーツァルトと凍る風の囁きと

母の所有した北海道訛り以外の音声を
この世から母が消え去ったのも冬二月
雪の夜の旭川は見知らぬ顔で熱く蠢《うごめ》く

湘南物語

湘南に冷たい雨が降っている。「茅ヶ崎の何処かに魚料理のおいしい店が有る」と助手席の人は言う。その店を発見するのは殆ど不可能と思い乍らも私の頭の中は先程から〝茅ヶ崎〟で一杯である。三十年前に居住した茅ヶ崎が我が心の周囲に凍り付く氷のように忘れ得ぬ痛みとなって甦った。が、さ迷うオンボロ愛車は貫禄の国道一号に出て東京方面に逆走している始末。ふと右手を見ると「湘南海岸へ」の標識。海岸へ出れば当初の目的地の小田原方向が判ると思って右折すると吃驚《びっくり》仰天の「茅ヶ崎の何処かのおいしい魚料理の店」が出現した。おまけに其処は我が二十代に住みし街。田圃や畑に囲まれ、蛤売りのおばさんが居た、海鳴りばかりの彼《か》の日日は余りにも遠い。耳を澄ませば間断無く響く咽《しの》び泣く昔日の海の泣き声は甦れど、眼前にはスナックの並ぶ街。宛《さなが》ら浦島太郎。雨よ降れ降れ日は暮れよ。追憶の夏の寂寥よ。冬の枯草を渉る風の宴よ。途絶える事無き海の音の底の光よ。今は唯冷たい風の音が侘しく快い。何も語らぬ風。三十年が黙している。茅ヶ崎に冬の雨降り我が胸の底にも降る。懐しきとは言わず。我亦風の如く何も語らず。〈今〉となりてはモーツァルトの交響曲第四十番ト短調K《ケッヘル》五五〇滔滔と流れる海辺の部屋も若き血も肉体も無ければ、現実のドアをロックせるニッサンローレル車内空間にせめて第一楽章第二楽章第三楽章第四楽章豊潤に満たして暫し休息せん。無言の冬の雨細《ほそ》く降り続き木木の枝枝も細し。なれど頼もしいとおし。〈あないとおし。知らず過ぎぬべかりけり。さらばいと心憂きものにこそありけり。＝「平仲《へいじゅう》物語」（平安中期の歌物語）より〉。
雨が斜《ななめ》に降っている。

おのづからよこしまに降《ふる》雨はあらじ
風こそ夜の窻《まど》をうつらめ（日蓮）

女優物語

週刊誌記者の大塚あき代さん。「先生の好きな女優さんは誰ですか?」だって。その先生というのやめてね。エライ人みたいでどうも苦手。先に生まれたからとか、先ず生きてるという意味ならその文字当て嵌まりますけど。好きな女優?　そうですね、マリア・シェル、ビビアン・リー、グレース・ケリー、ソフィア・ローレン、木村俊惠、淡島千景、いっぱいおります。え?　知らない。では薬師丸ひろ子にしましょう。知ってるけどこの頃あまり売れてないって?　なんということを仰言います。売れてなくても好きは好き。不遇になったなら尚更のこと。だめ?　できればAV女優の名前が欲しいって?　そうでしょう、そうやって記事を面白可笑しくする魂胆ね。わかってます。では松本コンチータじゃ。去年新宿の寿司屋で雑誌の対談をしたとき可愛かったです。可愛いなんて陳腐、キラキラ煌めいた表現をして欲しいとは手きびしい。えーと、若いのに偽悪家してる繊細なところが、つまりィ、え?　松本コンチータも知らない。若いのですねあき代さん。わたくしの知る唯一の女優さんなのに。やっぱりあき代さんも知っている薬師丸ひろ子しか居ない。薬師丸ひろ子ちゃん。薬師丸ひろ子さま。参ったか。これ以上喋らぬ。困り果てて帰った彼女は果たして記事が書けるのやら。昔わかれた娘と同世代の記者さんにもうすこし親切にすれば良かったかなと反省しながら眠りにつくと夢に薬師丸ひろ子が現われた。彼女は「私にも二十年会っていない父がどこかにいます。私は父の年代の男性に無意識に無防備な信頼と愛情を寄せてしまいがちです」とわたくしに語った。これは夢なのだと夢の中ではっきりわかる夢である。現実に或る若い女流俳人から同じ文面の手紙をいただいたことがあったっけ、と夢の中で狐につままれた気分。この混濁が如何にも夢。夢ならば醒めないうちに思いっきりスマートに〝こいびと〟のように振る舞ってやれ。と思うのだが、えーと、何を喋って良いのやら、薬師丸ひろ子と現実にデートしているくらいに緊張して、夢の中でまで混乱している。〝去年のことですが、わたくしとしては三十年前にわかれたままの娘がどこかにいるはずで、あなたと同じ年齢なものですから、あなたと同じ年代の女性に会うと負い目のような、悲しいような、なつかしいような複雑な感情にとらわれます。それがわたくしの宿命としての弱点と気が付いたのです〃と言おうとしたのだが、一言も喋れない。だが夢の中では眼と眼で語り合っていて、「そうなんですか」と薬師丸ひろ子が優しく頷いている。わたくしも〃そうなんですか〃と彼女に眼で語りかけている。〃立派な女優さんになったんだねえ〃何時《いつ》しか薬師丸ひろ子を自分の娘のように夢の中で思っている。夢だからこんなこともあろうと夢の中で考えていたら眼が醒めた。醒めたらことのほか寂しい時間が現実を流れていた。マリア・シェルと広い広い憧憬《しょうけい》の世界のロシアの雪原で戯れし昔日の夢とはかなり違う。加齢して来ると夢と現実の落差がはっきりと大きくなってその空しさに打ちのめされるのであろう。このようにして人は老い、流れゆき、消え去る。ついこの間の出来事と思ってもそれを知る人はやがて居なくなる。三十六歳で逝った女優木村俊恵などいまではほとんど知る人も居ないのだろうなあ。木村功の時代の舞台女優でテレビにも進出した矢先に急逝した。失礼ながら俳優さんは多けれど〃お主《ぬし》出来るな〃と舌を巻く実力派少なしと常常《つねづね》感じられる。そういう実力を所有した美人女優であった。いまでは、そして今後は夢の薬師丸ひろ子に勝手に「二十年会っていない父がどこかにいます」と迷惑なセリフを語らせる、変な夢が自分の希望の光となるばかりなのか。薬師丸ひろ子をそんな生い立ちの女性にしてしまうとは夢でも失礼だが。

　もしもし大塚あき代さん。売れない詩人（?）のインタビュー記事などやめて、「夢の女優の物語」というのは如何がでしょう。それで結びは「みんな夢の中」とするのです。

六月物語

　六月の父の日が過ぎた頃、わが〃携帯〃に「もしもし、もしもし」と若い女性の声。たまにある間違い電話と思いしが、「あの、父の日って何していましたか？　わたし由香です」。えッ？　頭の中が真ッ白になるとはこのことか。「由香いくつになったの？」「おとうさんの半分」。由香のトシはいつも数えていたから知ってはいたけどね。ぺらぺらと喋れる自分が不思議である。三十年前三歳でわかれた娘と喋っている現実に実感がない。離人症の症状とは斯様なものか。昔不可解な行動に走る父親ありき。その最大の犠牲者が由香であったと、父はそれを一日も自覚しない日はなかったのです。わたくしは自責の念を覚えるほどには思考がまとまらず、わが心に語りかけるだけであった。「由香元気だったの？」「うん」。三十年を一言で元気だったかと訊くのもいい加減な姿勢である。「わたし月刊誌の記者してるの」。へえ、血は争えないと言うべきか。と心の中で思いつつ、「携帯電話は電話代が高いからこちらからかけようか？」と父のような思い遣りを示す。「いいの、ボーナス出たから。それより父の日って何していたんですか？」「何も」「何もしてもらえないの？」「うん」。わたくしは三十年の重みを感じて沈黙した。ばかな実《じつ》の父を許してください、と心の中でつぶやいていた。「火宅の人なんだから、仕方ない。おとうさん、胸に迫る詩を残してください。わたし〝夕暮れの町〟が大好き。この詩一等賞。夕暮れの街にフクちゃんが現われるなんてステキ」。コドモは母親から脳細胞を受け継ぎ、父親から感性を受け継ぐと言われるが、まさか詩がすきという〝子〟に育つとは。わが心臓の内側を涙が流れ落ちる思い。「池袋でおとうさんの詩集買ったの、由香」と彼女は言った。ゆか、とは夢で語りかける名前でなければならなかったのに、ゆかが自らゆかと呼ぶ、この音声の響きにおののき、わたくしは更に沈黙した。だが父親たるものこれでは恰好がつかない。「由香、詩集なら買わなくてもあげるのに」「ちょうだい、サインして。月曜日に会いたい」「いいよ。顔わかるかな？」「親子だからわかるよ」。なるほど。この世にはないものとしてわが子を想ってきたのに、ゆかとは矢継早やに二度〝デート〟した。鈴木京香を思わせる美しい顔立ち。自慢の娘と言いたいがわたくしにはその資格はない。結果のいいところだけを所有するなど許されない。「おとうさん泣いてるの？　明かるくいかなくちゃ。ビール飲もッ」「そうだね。ところで食べ物で何か嫌いなものあるの?」「ない」「とくに好きなものは?」「おさしみ」「やっぱり親子だね。ビールも好きなんじゃないの?」「当たり」。美しいわが子とビールを飲んで、さしみを食べて、しゃぶしゃぶも食べちゃって、詩は新川和江さんがすきとか、新藤涼子さんもいいよなんて親子で喋って、こんなしあわせがわたくしにもたらされるとは、われながらこれ以上のおどろきはない。なじみのスナックに連れてゆけば店のママ曰く「笑っちゃうほど似てる。眼、ハナ、耳、口、みんなそっくり」。父照れかくしに「十九の春」を歌えば常連客もノリノリ。「初めて綺麗な人見た」と〝ゆか〟をほめたたえて歌合戦。「おとうさん、わたしもう二度と会わないからね」「酔っぱらいであきれたんだね」「ううん、とても楽しかった。わたしはおとうさんに育ててもらわなかった。わたしのまわりの人たちがわたしを育ててくれたの。おとうさんに一目会えればよかったの。住んでる星がちがうみたいな感じ。だから会ってはいけないの」「そういうことか。よくわかるよ」「こちらの星ではわたしだけが応援しているからね」「ありがとう」。六月の東京夜の風優し。斯かる涼しき星こそわれに相応《ふさわ》し、か。

闇に消えた〝ゆか〟。三十年会わなかったのだから、会わないでいるのが自然か。六月の出来事は闇の中の、夢の中のことか。

こぞもうくことしもつらき月日かな
おもひはいつもはれぬものゆへ(日蓮)

東京物語

昭和五十二年冬札幌
いまを去ること二十三年前
やがては三十年前四十年前となり
五十年前となるのも目に見えている
百年前にも一億年前にもかならずなる
あたりまえなことあたりまえに考えつつ
二十三年前のできごとを思いだしている寒い日です
オイルショックの直後とはいえまだのんびりの世の中で
あった

○○公論社北海道支社次長は本社の副社長を迎えてススキノへ
本社とは大違いで北海道支社はほかに支社長と事務員の計三人
支社次長とは偉そうな肩書で気が引けるがヒラ同然のわれなり
本社の「営業第一課長」から社員三名だけの北海道支社次長へ
あきらかに栄転ではない（当然）と思いつつ東京恋しやの日日
君は奥さんが美瑛出身だから札幌勤務は適任との会社の言い分
わたくし東京勤務がイイなあそれに実はあの時リコン直後なり
冬はあまりにも寂し夏は道路のホコリさえも苛立たしく切なし
なれど二十三年が過ぎ去ればすべてうるわしすべて夢のごとし
わけてもむらさきいろのロングドレスのN子さんの名を忘れじ
「わたしおねがいがあるの
森進一の「東京物語」のカセットテープ買ってくれる？」
と言うN子さんにたのまれて翌日
札幌地下街のレコード店にて待ち合わせなり
「わたし公務員なのにバイトしてるの
ぜったい誰にも内緒よ「東京物語」ありがとう」
と言って去りゆくN子さんとわれは食事すらせず
あくしゅもせずに笑ってわかれた
よるは立派な夜の蝶なれど昼間会ってすこしおどろいた
店でも足を引き摺る癖のあるひとと思ったが
昼間の素人っぽい面影が
かなり足が不自由な女性という印象とともに
二十三年が経っても時時よみがえる
「いつかあなたの部屋にあそびに行っていい？
東月寒《ひがしつきさむ》知ってるもん」と言いしN子さん
〈東月寒はわがねぐらなり〉
われはあの日以来そのひとを見ず

その頃丁度うつ病の顕著な症状の女嫌いとなり
毎日真ッ直ぐ独居の社宅に戻りバッハを聴き寝た
外《そと》の雪と諸諸を拒絶した
〈生野菜と三日前の筋子でめしを食い　葡萄も喰い
バッハを聴き　ジリオラ・チンクェッティを聴き浴び眠
　る〉
と当時書いている
人人は明かるくこの世を跋扈《ばっこ》しているらしい
誰《た》がための空間ぞ何んのための虚構の構築ぞ
と問われても疾走する魂は夢は詩魔に導かれ
無なる紙に綴るコトバがわれを生かしめたか
ときにこの世の言葉を忘れたが時は流れゆき
N子さんあなたの足の不自由なすがたを見て
避けたり逃げたり消えたりしたのではないと
ひとことと伝えたいと幾度思ったことだろうか
かの日独り居住せし札幌も今は遠き街なれば
阿久悠の傑作のひとつ「東京物語」愛すべし
今歌う人は少ないが忘れ難きメロディーなり
その唄を寂しくたのしくあたためている日日
秘めたるしあわせをN子さんに伝える術《すべ》なし
誰に伝える術もなし

尾花の原――嗚呼！　風間光作氏よ

冬の寒い日は色色な事を思いだす。冷たい如月《きさらぎ》来ましたよ。詩人の面影静かにしんみりと甦りにけり。深深《しんしん》更け行く夜に眠れず、光作さんなど思いだす。〝風間杜夫は風間光作の息子ではないか、という噂があってね〟と語る風間光作氏の顔はじつに嬉しそうであった。細面《ほそおもて》で垢抜けしている所が良く似ている。そういう事にしておけばいいですよ、と言ったら光作氏の顔は更に嬉しそうだった。風間杜夫が息子であるわけは無いし、昔息子を捨てたような自分にそんな噂が生じるなんて勿体無い話だが幸福者だね、と笑った。風間光作氏は江戸っ子である。モダンボーイ。土橋治重氏の「風」に所属したこともあるが、土橋氏に面と向かって反抗する人など彼を措いて居ない。当然在籍の継続は無理。晩年板橋のアパートに独居自炊、七十九歳でアパートの階段で死去していたのを学生に発見されたという。私は丁度その頃長期間国内に居なかったのでその死も葬儀も知らなかった。孤軍奮闘「詩人タイムズ」を発行し、〝詩人タイムズ賞〟何万円かを設定したが、賞を欲しがる詩人って多いんだねえ、詩人っていうのは良い詩が書けたらそれが最高の仕合《しあわせ》という人たちと思っていたがそうじゃないんだね、と笑った。君はそういう人じゃないもんねえ、と言って私を〝好きな詩人〟に挙げてくれたのに、私は〝賞は欲しいです〟と言って彼を落胆させた。が、ほとんど間《かん》髪《はつ》を容れず「そうだね、賞金は誰だって欲しいやね」と大笑いして私を傷つけまいとしたのだった。「風間光作」は無名の詩人なのだろうか。若い頃は小説を商業誌に発表していて、芸能人とも交流があり、かなりのハンサム。嘗ては全くの不遇でもない。詩集に「奥戸の馬鹿」というのがある。奥戸は葛飾区。新小岩駅から北西に奥まった下町。自らを馬鹿と名乗るのもシャイな江戸っ子の反骨精神か。山登りと恋の率直な詩が印象に残っている。……あれは夢か。青春の青い空に秋が訪れ、尾花の波は銀色に切なく風にゆさゆさと打ち靡《なび》くよ。下町の川の堤、尾花の向こうを見え隠れしつつ去り行く若き日の原節子、田中絹代のスカートも風にひらひらと舞うが如し。そのピンクと緑色の可愛さ愛《いと》しさ。手を振れば女友達たる美女ふたりも手を振る。楽しき日は遥かなり。このうれしき美しき人生……。と語る風間光作氏が私の中に甦るのだが、これは記憶か私の夢か。いまではそのどちらであるかはさほど重要な事ではない。どちらにしても風間光作氏のものである。然し乍ら氏は、残念だが諸般の状況から見ると現代では忘れられた詩人と言わざるを得ない。日本文藝家協会編「文藝年鑑」著作権継承者名簿に氏の名前は有るが、其処に肝腎の継承者の名前が無い。忘れられた詩人の詩が復活するのは五十年後かも知れないし五百年の後《のち》であるかも知れぬ。夜が深深と更け行く二月の窓辺。雪未だ止まぬらしき如月の夜。この世の仏事に更衣《きさらぎ》の別れ、如月の仏の縁なるもの有りしが、そちらの如月はもっと寒いのでしょう。余りにも冷たいのでしょう。それとも文学者仲間が沢山居て寒くはないのかな？こちらではさっぱりわかりません。富士山の麓の「文學者之墓」に眠る風間光作氏は黙ってその時を待っている。詩とは待つものなりとリルケも言っている。そんなややこしい事は知らぬと戯《おど》けて津村謙「待ちましょう」を唄い出しそうな氏の笑顔が瞼《まぶた》に浮かぶ。それもこの世には無い。氏の詩はこの世の外《そと》で熟成して行くのかも知れない。駸駸《しんしん》と時過ぎ行けば千年も昨日の如し。氏の好んだ都会の賑わいもその時再び氏のものとならん。「いまひとたび都のおとづれをも待ってかし……」（天草本平家物語）。斯くして六十五年以上も前に書かれたひとつの静かなる詩がわが胸に甦った。

旅路はるけき秋の日の
海にうかべどひとかたの
空のみこいしうちなびく
尾花の原をいそげども（三好達治「旅路はるけき」）

時に岸なし——岡田隆彦に

——一切の書かれたもののうち、私はただその人がその血をもって書いたものだけを愛する。〈ニーチェ〉

赤坂の石畳の路地を入ると右手に
きみの家が有った
いちばん奥がきみの部屋で
窓からの明かるい日射しを背に
椅子のうえで膝小僧を抱えながら
くにいさんてハニカミ屋なのかな
などとはにかみながらつぶやいた
きみはまだ十代であったろう
「われらのちから19」も「史乃命」も生まれていない
きみが爆発する前の遠い遥かな日
まだ十九歳か二十歳《はたち》のきみもまた
しぶやのわが家をたずねてくれた
われらの若い頃はよくウロウロと友だちの家をたずねた
あれはなんだったのでしょう
詩を書く友の顔を見たところで
詩が上手くなるものでもないのにね
あれから三十八年の歳月が流れ

平成九年二月二十六日
詩人・美術評論家・慶應義塾大学教授のきみが
この世から消えてしまった
順番がちがうではないか
と思うとポロポロ涙があふれ出た
最後に会ったのは一年半ほど前か
くにいさんに会えてうれしかったと
井川博年に語ったと知り私もうれしかった
きみが美術評論を書きはじめた頃
なんだかゴテゴテした文章だけど迫力あるね
と言ったら例のはにかんだ都会人の顔が笑った
「危機の結晶」しかり
「かたちの発見」しかり
きみならではの詩人の眼が対象を掘り下げた
その視座とポエジーに裏打ちされた「芸術の生活化」に
　到達して
きみの理想がはっきりと見えてきた
「時に岸なし」
を遺して去りしきみよ

遠い浮雲はいつか消え
水草は流れゆくままに
流れる水は無常を映して
まさに時に岸なし
国道一号線を茅ヶ崎、平塚へとトコトコ西へ行けば
きみが少年時代に遊びしまた晩年に住みし大磯町《おおいそまち》
いまも海鳴りがあたたかいなつかしいさびしいよ
きみが「鴫立つ澤の」とうたいし鴫立澤《しぎたつさわ》は
「海水浴場発祥の地」の碑のすぐ近くに有り
きみが消えても在り
訪れると其処のおばさんが「四時閉園です」と言った
きみのゆめの園も永久に閉園したのか
はかなくうつくしい死よ
もっと花ひらくべきであった溢れる才気が
しずかな眠りについたが
きみの精神の残像が永遠に光を放っている
きみが深宮侵すもの無ければ
自由を求める瑠璃懸巣も
嘴、脚、趾長く翼また細長きうつくしき鴫たちも

青い空の果てに向かって飛び立つ
瑠璃の花畑が哀しみを語りかける
人の世への警鐘もきみのゆめも生き続ける
それにしても早すぎたと歎かざるを得ない
きみが残り先におさらばした私のことなど
多少は語ってくれる筈であったのにと思う
ひらがなの使いかたが上手だったねえとか
若い時はうつくしかった、なーんて（?）
すこし褒めてくれたりクサしたりなんかね
たくさん語ってくれる筈ではなかったのか
岡田隆彦（一九三九ー一九九七）
わたくし（一九三八ー　？　）
　ちりしはなをちしこのみもさきむさぶ
　　いかにこ人の返らざるらむ（日蓮）

（『東京物語』二〇〇七年思潮社刊）

未刊詩篇

わが台湾三峡

昭和二十一年三月
台湾台北州三峡郡をあとに
家族五人と知らないおじさん二人か三人が
小さいトラックの荷台に乗り
台北市内か基隆《キールン》へ向かった
基隆港から日本へ引き揚げるためだ
なぜ台北か基隆か判らないかと言えば
それを知る母も姉もこの世にいないからだ
昭和二十年三月十日本籍地東京は大空襲
台北にはそれ以前にB29が襲来し
同級生國君を殺して去った
奇跡的に死ななかった「留守家族」は
昭和二十年三月の多分下旬三峡へ疎開した
三峡はわが人生で一番忘れられない場所だ

引き揚げ船に乗る前に待機していた家で
八歳の私は三峡を去るトラック荷台の光景を
何回も思い出していた
トラックの荷台で
二度と見ることはないと思った三峡の景色を
八歳の私は見ていた
大人たちはトラックの前方を見ていた
去りゆく三峡の街を見ていたのは自分だけだ
なぜ愛しい三峡の街を山を河を
大人は振り返らないのか
わが人生でこのことは常に思い出された
見えているものを見る
やがて見えなくなるものを見る
見えないものを見ているわが人生
樹の中をいつも見ている愚かな人生
それは八歳のかの日から始まった気がする

（「ゆすりか」102号、二〇一四年十月）

貨物船

貨物船の船底は真っ暗で
何百人もの人間がゴロゴロと寝ていた
船底というものは
パチャパチャと水の音がするのだなと
八歳二カ月の私は初めて知った
食事をまともにした記憶がない船底生活
戦争に負けるとはこういうことかと思った
戦争に負けて日本へ帰るのだが
台湾生まれの我等には帰るという実感はない
日本へ帰れると喜ぶ大人が異邦人のようだ
バナナが数十本あったはずだが
知らぬ間に大人がたいらげてしまった
弱肉強食なんだと
たしかに八歳二カ月の私は思った
甲板に出ると空と海だけが広がっていた
どこに日本があるのかと不思議な気がした
昭和二十一年三月東シナ海上

二人の人が死に水葬を二回行った
赤ん坊が一人生まれた
やっと貨物船が日本に近づくと
浮遊する機雷のために立ち往生した
日本の島影を初めて眺望した
瀬戸内海の入り口かと思われる
日本を見ながら死ぬのかと
大人の男たちが真顔で半ベソをかいていた
私にはすべてが他人事に思えた気がする
我等は闇を生かされていたような気がする
戦争を始めた者でもない我等の闇
たしかにあの時あの貨物船上で
わが闇が未来の闇を見ていた

（「ゆすりか」104号、二〇一五年四月）

懐かしい声の歌

命からがらとはあのような状況のことだろう
戦時中は戦地に赴かぬ者も毎日命からがら
戦いが済んでも毎日命からがらだったのだ
引き揚げ船が機雷を避けることに成功し
我等は命からがら広島県大竹港に上陸した
見たことのない故郷東京に帰るのだが
子供には東京がどこにあるのかもわからない
命からがら鈍行の汽車に乗り込んだのだろう
恐らくは大混雑の車内であったと思われるが
幸運にも私は優雅に窓側の座席に坐り
これが日本か日本の田舎かと感動しながら
窓の外の風景を一生懸命眺めていた
広島から東京までだから見る景色も沢山ある
永遠の光として守るべき内に燃えるものが
私に語りかけていると感じていた
子供も戦争に疲れる
疲れたら眠るのだろう人は
みんないつも見事に眠っている
だが私は眠らないのだと私は思った
あたたかい懐かしい声の歌が私を生かしめる

風景に深く刺さるミドリイロの風が私を呼ぶ
運命の如くに日本の風景を飽きず眺め続けた
わが心をいざなう風が吹いているではないか
とある駅の風景がことのほか私の心を捉えた
懐かしい駅よという表現では全く不十分だ
求めるべき在るべき姿の風の湿度が温度が
光の衣をまとい〈わが為に〉現出している
その駅のたたずまいが
後年わが詩を生み出す力をもたらした
その駅がどこかを私は知りたかった
岐阜から東京寄りである
汽車に乗り一駅一駅確かめたいと思っていた
その昭和二十一年三月の出来事から五年半後
中学校の修学旅行は汽車の鈍行で奈良・京都
念願叶い私は一駅一駅を確かめて行った
大磯は似ているがかの風景よりも明かるい
国府津、真鶴は改札口がホームから近すぎる
それらはそれぞれに懐かしい眺めであったが
八歳で見たその駅は改札口が遠くにあり

汽車との中間にきらきらとした風が吹き
赤青緑の服をきた子供等が花のように遊び
〈我を生かしめる力〉を秘めた円形の哀切
のようなものが語りかけた
修学旅行の汽車でその駅だと思ったのは
東海道線三島駅であった
三島駅以上に似た駅は一つもなかったのだ
一度だけでは決められないとも思っていたら
高校の修学旅行も汽車の鈍行で奈良・京都
再び右側の座席から一駅一駅の風景を眺めた
誰も景色など見ていない
なぜだか騒ぐか寝ている者ばかりだ
彼等には必要がないものなのであろう
懐かしいふるえる声の歌が温もりが私を包む
私だけが変なのかと思いながら三島駅を見た
八歳で見たあの駅はやはり三島駅らしい
三島は私には縁も所縁《ゆかり》もないが
それが三島駅であるとしても
三島駅でなかったとしても

あるいはこの世のものでなかったとしても
わが内に燃えるものとして在り続けた
懐かしい声の歌響くかの風景
私には見えているものとして在り続けている
だが八歳のわが魂を檎《とりこ》としたものは何か
七十年が経ってもまだわからない

（「ゆすりか」105号、二〇一五年七月）

散文

六〇年代直前のころ

昭和三十三年一月、代々木の木下博子宅に杉克彦、辻征夫、小田久郎、佐々木双葉子、伊香民子、丸山辰美、増田瓢二、宮崎光子、私などがあつまり、若い詩誌「明日」が誕生した。まだ三十代であった木原孝一氏もたびたび出席された。私はまだ二十歳になったばかりの学生であった。

伊香民子は当時二十六歳で、電話交換手をしている美しい女性であった。代々木駅で最後に見たのは、紫色の和服で笑顔で手を振っていた、この世のものとも思えないスラリとした美しい姿であった。この人が我々仲間になんの前触れもなく、忽然と自殺してしまったことは、若い私には大変なショックであった。左の首すじ、私と同じ場所にホクロがあり、笑い合ったこともあるというのに。

木下博子、佐々木双葉子が泣いたのを見たのは、あとにも先にもこの時しかない。木原氏が「泣くな」とさとした時、「なんの相談もなかった。そんなに無力な自分が悲しいのです」と語った佐々木双葉子の言葉が、なぜか強い印象で残っている。もう二十六年も前のことになってしまった。

当時、若い詩人の自殺は珍しいことではなかった。それにしても、天才と言われた勝野睦人が本郷西片町で交通事故死をした直後でもあり、美しい仲間の死は本当に悲しいことであった。勝野睦人は「明日」の先輩格である「ロシナンテ」の同人で、事故に遭った時は二十歳の芸大生であった。私は一度も会っていない。

「ロシナンテ」は好川誠一が編集していて、石原吉郎、田中武など、メンバーはいずれも「現代詩手帖」の前身「文章クラブ」の秀才たちであった。私は「ロシナンテ」に次ぐ世代で創刊された「明日」の計画がまだないとき、好川誠一に「ロシナンテに入れてください」と手紙で申し込んだ。これがナシのつぶてで、どうなっているのかと思っていたところ、間もなく「ロシナンテ」廃刊の噂をきき、やがて好川誠一の自殺を知った。

当時、新聞に彼が「四国地方に自分のニセ者が出現して飲食代などを踏み倒した。だが詩人のニセ者なら許せる気がする。」というようなことを書いており、ニセ者が出るほど有名な人であったはずである。私から見たら作品面でも順風満帆、注目される詩誌に拠るいわば功成り名遂げたような人に思えたので自殺は全く予期できなかった。三十歳であったときく。

「明日」は大阪から井川博年、板井（奈良）暎子らが加わり、一時は五十余名の同人にふくれあがった。しかし、小田久郎が印刷代などにかなりの負担をしていたこともあって、五号で廃刊。当時としては活版、二色刷りの立派な詩誌であった。

三十三年一月一日刊行の「日本現代新人詩集」（思潮社）は、石原吉郎、好川誠一、勝野睦人らの先輩と私の作品が一緒に収められた唯一の出版物である。前年、「文章クラブ賞」を中鉢敦子、佐々木双葉子、私の三人が受賞したごほうび（？）でもあったのか。ちなみにこの本の発行日は私の二十歳の誕生日にあたっている。「文章クラブ賞」はこの年から「現代詩手帖賞」と改められた。

このころ、当時鎌倉で「日本未来派」の編集をしておられた土橋治重氏から鄭重な手紙をいただいた。「日本未来派」に入らないかということであった。弱冠二十歳の若僧には身に余る光栄であった。このことは他誌にも執筆したことがあるので詳細は省くが、新雑誌創刊と重なったこともあって「日本未来派」には入らず、土橋氏ともお会いすることなく、二十年が過ぎた。昭和五十四年七月、韓国で開催された第四回世界詩人大会で初めて土橋氏とお会いすることになる。

「明日」廃刊後、杉克彦らと「銛」を創刊した。「現代詩手帖」三十四年十二月号によると、創刊メンバーは杉克彦、丸山辰美、渡辺真美子、辻征夫、鎌田忠良、桑原澄朗、板井（奈良）暎子、野村正一、井川博年、石川謹悦、海老名博之、國井克彦の十二人で、発行所は東京都渋谷区猿楽町二二、國井克彦方。B5謄写17頁、四十円とある。これは十五号まで続いた。のちに木原れい子（小柳玲子）、岡田隆彦、会田千衣子なども参加している。廃刊当時で平均年齢二十三歳という若い詩誌であった。

それだけに編集後記なども恐いもの知らずで、いまなら赤面せざるを得ないような放言をしている。おそろしいことである。

神保町の「ラドリオ」でよく会合をもち、近くの酒場で若さにまかせて酒を飲んだ。「ラドリオ」ではよく隣の席に「跫音の会」のメンバーが来ていた。北柳哲二、倉田哲志、柴田恭子らの我々と同世代のグループであったが、あまり交流はなかった。「銛」にくらべるとはるかに良識的な感じで、まじめな雰囲気であった。

いま、「ラドリオ」を訪れると、二十五年前とほとんど変らない店内に、若い未熟な亡霊がただよっていて複雑な気持ちになる。あの昔の生意気な若者とはなんの関係もないような顔をして、ときにビールを飲んだりするが、なつかしい店のひとつである。

このころは、杉克彦もまだ元気で、ともに焼酎をあおったものだ。六〇年代直前、それぞれの思いにひたりながら、詩という共通の幻を追っていた、若い群像がそこにあった。

その杉克彦もいない。伊香民子もいない。彼女の葬儀のとき、「杉さん、焼香の仕方を教えてください」と言ったら、言葉は忘れたが私を叱りとばした杉さん、あのとき私はまだ二十歳だったので許してください。あなたの葬儀には怒られないようにうまくできたと思います。嗚呼!!

私に詩を書く決意をもたらしたとも言える村野四郎、木原孝一氏もいない。勝野睦人、石原吉郎、好川誠一もいない。生きているはずの佐々木双葉子、木下博子、中鉢敦子、宮崎光子、丸山辰美、海老名博之、石川謹悦、野村正一、おーい、どうしたんだ？　詩はどうしちゃったんだい？　と時々私は叫びたくなる。

まだ露店の残る大井町駅前で、杉克彦、佐々木双葉子、私の三人が木原孝一氏にお酒をご馳走になった。木原氏は壮絶に酔い、壮絶に吐いた。若い詩人よ頑張れ、という一貫した思い入れと優しさが、木原氏にはつねにあった。あの酒の味、木原氏の怒ったような悲しそうな顔を、私は忘れることができない。

そして悲しい代々木駅。駅の構造は昔のままである。高円寺、阿佐谷、荻窪などは高架線となって一変したが、代々木駅は昔から高架なので変らない。スラリとした紫色の和服の伊香民子を、私はいつもこの駅のホームで思いだしている。

〈追記〉丸山辰美は一九八六年九月十三日急逝した。享年四十七歳。

（『詩の自立』一九九〇年ミッドナイトプレス刊）

土佐日記私記

土佐日記の魅力のひとつは、こどもの登場ではないかと思う。これは実は重要なことなのであって、これによって紀貫之自身の内面にこどもの心に通じる柔軟な魂が脈打っているのを、暗黙のうちに語っているのである。この童心が貫之の作品の雰囲気を支えているとも思える。

廿二日。よんべのとまりより、こと〻まりをおひてゆく。はるかに山みゆ。としこ〻のつばかりなるをのわらは、としよりはをさなくぞある。このわらは、船をこぐまに〳〵、山もゆくと見ゆるをみて、あやしきことうたをぞよめる。そのうた

こぎてゆくふねにてみればあしびきの
　やまさへゆくをまつはしらずや

とぞいへる。をさなきわらはのことにては、につかはし。

これを解釈すると、

「廿二日。昨夜の港から別の港へと向かって行きます。遠くに山が見えます。年が九歳位の男の子は年の割に考えが幼稚です。この男の子は、船を漕ぐにつれて山が後へ後へと退いて行くのを見て、おかしな変った歌をよみました。その歌は

漕ぎ進んで行く船にいて見ているとじっとしていると思った山までが動いて行くのを、松だけは知らないのかなあ。

とよみました。年のゆかないこどもの言葉としては適していいます。」

ということになるが、このこどもの眼はとても詩人的である。たくまずして遠近法を心得た美しい絵のような表現となっている。この新鮮なおどろき、発見はいかにも九歳のこどものものでほほえましい。

見えているもの、見えないものを、無垢な心で見ることができるのがこどもである。大抵の大人はこのような心を失ない、見事にしたり顔となって鈍感なみにくい余生を送ることになる。

ところで、テレビを見ていてとくにびっくりするのは、「北海道の大自然をたずねて」とか、「秘境を行く」などというタイトルではじまる画面に、レポーターの声が重なるときである。

曰く。「スッゴイきれいな空なのよね。東京みたいにゴミなんかがないからスッゴイの。スッゴイじゃがいもがおいしくって、ふとっちゃった云々」

こういう番組はたちどころに私にチャンネルを変更させられるが、スッゴイ、スッゴイと感嘆する彼女にどれほどの説得力があるであろう。まさにトオマス・マンの言う「決して事物の中にまで入って行かない眼」であることによって愛されようとしているのである。だが、これが愛嬌だとは思えない。

東京の空が美しくないと思うのは勝手だが、私には東京の空がいちばんきれいに見える。とくに早朝と夕方の空は美しい。東京の空には、はるかな場所のいろいろな空につながるいろいろな色がある。それ自体も美しく、ユメがある。つまり、見えない空までが見えている。

刻々と変わる色彩、雲のかたち。こちらのほうこそ「スッゴイの」と言いたいほどである。

北海道でも殊更市街をはなれて感嘆することはない。札幌のサッポロビール工場の上にひろがる空はとても美しい。悲しいくらいなつかしい深い水色を見た。この美しさの単刀直入さもいいが、屈折した東京の空の美しさもいい。

室生犀星は、毎朝ドキドキしながら雨戸をあけて、先ず空を見たという。それが昨日と同じに見えたら、詩人としての一日はないと思ったという。詩人とはこういうものなのであろう。詩人の眼とは、おどろきをいっぱいに持った、こどもの眼でなければならないような気がする。

けふなみなたちそと、ひと〴〵ひねもすにいのるしるしありて、風なみたゝず。いましかもめむれゐてあそぶところあり。京のちかづくよろこびのあまりに、あるわらはのよめるうた
いのりくるかざまともふをあやなくもかもめさへだになみと見ゆらん

「今日は波が立つな、と人々が一日ずうっと祈るききめがあって、風や波が立ちません。今丁度かもめが群れ遊んでいるところがあります。京都が近くなってくる喜びのあまり、あるこどもがよみました歌は
神仏の加護を祈りながら平穏に漕いでくる風の止み間とほっとしているのに、なんとおかしなことでしょう、鷗が飛んで白くちらちらするのさえ波に見えるのですから」

こどものイメージの世界は、つねに大人をおどろかす。新鮮な発見を抜きにして魅力のある詩が成立することはない、とすれば、こどもはこどものときは大抵詩人なのである。そして、それが普遍的であることに、ふかく感銘させられる。紀貫之が土佐に赴任したのは醍醐天皇の延長八年（皇紀一五九〇年）であった。何千年を経ようとも、こどもは大抵詩人なのである。

悲しきかな、テレビのレポーター嬢は、いつ、どこで、

何によってあのような感性の持ち主になってしまうのであろうか。不正確な眼、鈍い眼がはびこるのは、いかなるものが原因なのであろうか。それは恥ずかしいことではないのか。

と嘆くほうが、不正確、ナンセンスと一笑に付されるのかもしれない。しかし、もうすこし、味わいのある言葉を与え給え。でなければ黙っていて欲しい。すくなくとも「北海道の大自然」の前では。と願うのだが。

——いましはねといふ所にきぬ。わかきわらは、このところの名をきゝて、はねといふ所は、鳥のはねのやうにやあるといふ。まだをさなきわらはの事なれば、ひと〴〵わらふときに、ありけるをんなわらはなん、このうたをよめる。

まことにて名きくところはねならばとぶがごとくにみやこへもがな。

とぞいへる。をとこもをんなも、いかでとく京へもがなと、おもふ心あれば、このうたよしとにはあらねど、げにとおもひて、ひと〴〵わすれず。（土佐日記）

（『詩の自立』一九九〇年ミッドナイトプレス刊）

八歳、生きのびて見たふたつの夢

昭和二十年八月、玉音放送の日は不思議な静けさが街を包んでいた。満七歳の国民学校二年生にはその放送の内容はわからない。ガキ大将の四年生のミッちゃんと私は大人の姿が見えない防空壕の上に居た。大人たちは家の中でラジオを聴いているらしい。今日は何かが変だ、と感じた時、中学生くらいの台湾人が数人近づいて来て、何か怒鳴っている。「逃げろ」とミッちゃんが叫んだ。家に戻ると、母が血相を変えて「戸を閉めて、外に出たら駄目」と言っている。

父は「海軍軍属海軍警部」で海南島に行っている。子供心にも日本人の立場が昨日までとはまるで違うものになったことがわかる。日本人への復讐があると七歳にして感じている。台湾人がわが家に石をぶつけて来た。「殺されるかもしれない」と母は言ったが、それ以上の事態には至らなかった。

わが家では台湾人とは極めて友好的であったと記憶している。だが、殺されるかもしれない、という恐怖は、石をぶつけられた時には十分感じていて、理不尽にもそれは一生忘れられない。後年、父は警察官時代に台湾人の容疑者や犯人を一度も殴ったことはない、台湾人に神様とよばれたと語ったが、それはつまりあの時代、台湾人を殴るというのが当然であったということである。

台湾は他の植民地に比較すると、戦時中、現地人との関係は割合に平和的であったらしい。食べ物が豊富であったことも要因のひとつか。そのため日本への引き揚げも朝鮮半島や満州からのそれよりもはるかにスムースに行なわれたようだ。とは言っても、貨物船の船底で、死んで当たり前、まだ見ぬ故国日本に辿りつくことはできない、と七歳の私は思い続けていた。二度の水葬があった。日本近海に来た時、浮遊する機雷のため船が動けず、大人たちは死を覚悟して泣いた。

わが七歳は、八歳以後も生きて行くということが考えられないのだった。少年の夢とは〝野球選手になりたい〟というような憧れだと思うが、昭和二十年の七歳までは、それは無縁のものであった。

終戦の前年、台北の広い官舎群に爆弾三発が投下された。擂鉢状の巨大な穴が二つ出来た。同級生の國君《くに》の家の方だ。残りの一発はわが家から僅か数メートルの小川に落ちた。小川が無ければ私は七歳で死んでいたであろう。國君の姿はそれ以来再び見ることはなかった。そんな時代、境遇の少年に夢など有るわけがない。二十歳の従兄は学徒出陣で戦死している。生きているだけでもありがたいという思いが少年の私を支配していた。

八歳、昭和二十一年、本籍地・東京都渋谷区に〝初めて〟帰り、事態は一変した。時代が変わったのだ。兄に連れられて後楽園球場通い。父に連れられて浅草通い。川上哲治選手様を神様と思い野球選手を夢見た。都上英二・東喜美江を見て漫才師に憧れた。戦い済んで夜が明けて、わが生きる力はこのふたつの夢から明かるく湧いて来るのを感じた。

（「かまくら春秋」二〇〇〇年五月号）

趣味でなく

詩人の友達数人の行動がなんだか怪しい、と気付いたのは、もう十数年も前のことになる。彼等は頻繁に集合しては酒を飲んだり釣りに行ったりしているらしい。そのうち作家で俳人の小沢信男氏を宗匠に句会を始めるに至った。詩人が俳句を作る必然性を認識できなかった私は句会には接近しなかった。

詩人が俳句を作るなんて、専門家に失礼ではないか、と思いつつ、一九九一年、第七回余白句会に何を血迷ったか私もとうとう参加することに。だが、あれが果たして句会だったのか、いまだに疑問を抱いている。そもそも井川博年の誘いの言葉が「今日東京駅の東京温泉に行くぞ。小沢信男さんも来る。ついては俳句四句を用意せよ」であった。

温泉なら行くべえ、とばかりに出かけた。かくして小沢信男氏とは初対面にして裸の付き合い。尤もこの東京温泉、黒いパンツ着用という変なお風呂だが。次いで東京駅構内の「オールドステーション」なる酒場での句会ということだから、句会など初めての私にも何か変だと感じないわけにはいかない。この時の持参俳句は当然ながら得点ゼロ。「やっぱりダメか」と本人が思っている時、それを口に出して言ったのは彼等である。この連中手厳しいのはそんな句会草創期からのことである。そこで私は席題で勝負（?）に出た。幸い今度は点を入れてもらえた。この日以後、余白句会メンバーとなった。

　私は詩をわが生命と思っている。一篇の詩のためには、大きな犠牲を払うことも必然である。遊びで詩を書くな。嘘っぱちなコトバを並べるな。という想いしかない。そのような思考で俳句を作れるのか。僅か十七文字で、真に訴えるべき、真に構築すべき芸術的空間、美、心地良き音楽的リズム、懐かしい温度、湿度、はたまた哲学を織り込むことが可能なのか。大体、私は句会が嫌いだった。詩人が選択すべき道とは程遠くないか。

　と思っていたが、誰かが言ったっけ。「真剣に作ろう」と。ああ、そうか、真剣に。それなら納得。たしかに、昔も今も名句というものがある。それは真剣の世界だ。そういう精神があるならば詩人の句会も肯定されるのではないかと思った。

　あなたの趣味は？　と訊かれて、詩作もしくは句作と答える人もあるだろう。私にとって、当然ながら趣味は詩でも俳句でもない。少なくとも詩は断固趣味ではない。それは私の生命なのです（唐突にです調ですが、謙遜しているわけです）。

　さて、真剣に俳句をやろう、と言うからには、ポエジーをしぼり出す、俳句としての形も尊重する、ということが必要となる。鍛練そのもの。素人の私でも石原八束氏の作品は読んでいて、注目していた。石原氏が選者である雑誌に投稿した。投稿は力をつけるには最良の方法である。いわば基本からの出発という純粋さ。と言いたいが、石原氏のみを狙った（?）のはいささか不純か。かくしてこの素人俳句が、石原氏も選者のひとりであった「第五回産経全国俳句大会」特選となりぬ。これには驚いた。というよりも、こんなことが許されるのか、私は本来詩だけをやりたいのに、詩しかできないのに、と思ったのだった。

趣味は？　と訊かれたら、私は自動車研究、運転と答える。これとて基本が大事である。無事故の基本はカーブで減速、ブレーキは早めに。だがもう一つ、センターラインを断崖絶壁と思え、と私はつねづね言っている。この認識がないばかりに、センターラインをオーバーしてあの世へ、というケースがあまりに多い。どうにかならないのか。基本を忘れては俳句もまたイノチ取りになりかねないと愚考する次第であるが、いかがなものであろう。

私の好きな俳句は、基本を大切にした、しかもそこのけそこのけ俳句が通る、といった風情の、大らかなポエジーとオリジナリティが輝いている作品である。その一部を挙げてみた。

明ぼのやしら魚しろきこと一寸　松尾芭蕉
中年や遠くみのれる夜の桃　西東三鬼
霧よ包め包めひとりは淋しきぞ　臼田亜浪
母と子とまれに父と子七五三　大橋櫻坡子
偽りの世に気をとり直し日記買ふ　今泉貞鳳
煤逃げの家にも世にも帰り来ず　文挾夫佐恵
水温む鯨が海を選んだ日　土肥あき子
誰も来ぬ桜月夜となりにけり　辻村麻乃

（「俳句研究」二〇〇三年八月号）

作品論・詩人論

國井さんの『丘の秋』

井川博年

國井さんの『丘の秋』は「國井克彦初期詩篇」と題されているが、作品の背景や、生まれた由来や時代の解説がないのが残念だ、という読者からの訴えがあったという。もっともなことで、あの時代を知るひとでなければ、この詩の魅力を伝えるのはかなり難しい。かといって、あの昭和三十年代を短い文章の中で伝えるのはもっと難しいことである。

この初期詩篇五十一篇は、彼の話によると全体の十分の一であり、全部で五百十余篇あるという。殆どは十六、七歳の作品であるという。それにしてもほぼ毎日書いている計算になる。受験時にあって、なんという少年であろう。いまでいったら自閉症気味の詩のオタクであろうか。それにしてもこの少年の初々しさはどうであろう。「夕暮れの町」なんていいなあ。

町の家々に灯がともる頃
僕はみなし児にかえる
遠いいつの日にか見た
フクちゃんの漫画を思い出す
夕暮れの町の風景
あゝ良く似ているなあ
フクちゃんが露地から
とび出して来たよ
僕は僕で
屋根から屋根へ
とびまわったり
あの灯を見つめながら
一人で手をたたいたりする
お月様が
きれいだった

この詩を読んでも、いろんなことが思い出される。町には自家製のバットやボールを手にした野球少年たちが、暗くなるまでベースボールをやっていたっけ。女の子は映画の少女スターに夢中で、ブロマイドを見せ合い、出たばかりの「平凡」や「明星」を奪いあっていた。漫画は「赤胴鈴之助」や「イガグリ君」の全盛時代で、映画は時代劇ばっかりだった。私がまだ田舎町で柔道の道場に通っていた頃、國井さんは早くも東京は渋谷の丘の上の家で、山の手線の車輛の音や汽車の汽笛を聞きながら、若くして亡くなったお母さんを思い、生まれ育った失われた故郷の台湾を思い、学生服に下駄を履いて、坂道を上り下りしていたに違いない。「漫画少年」に投稿していたという國井さんが、フクちゃんに寄せる思いがここでは生き生きと表現されている。それと同時に谷内六郎の絵を見るかのようなノスタルジーさえ感じられる。十七歳の少年の詩にノスタルジーとは！

嘘ではないのである。私はすべての作品にずっと昔に書かれたにもかかわらず、「平成の世にあって昭和を思う」式の不思議な時間感覚を味わうのである。これは何故であろうか。それはこの時の國井少年が詩だけの時間を生きていたからである。純粋に詩人であったからである。

詩だけによってしか生きてゆけない人間というものがいるのである。いつの時代にも、詩を読み、詩を書く人間がいるのだ。そしてそれはいつの時代でも、詩を書くことによって悩み苦しんでいるのだ。そういう存在にかって私はなりたかったし、いまでもなりたいと思っている。國井さんの初期詩篇はこの重大な初心を思いださせてくれた。

（「花」六号、一九九六年五月）

詩人と運命——國井克彦に贈る十の断片

中上哲夫

1

人はなぜ詩なんか書くのか。趣味で書いているうちはいいけど、ひとたびその枠を越えて詩人の世界に足を踏み入ると、すこぶる厄介なことになる。詩人になるにはどうしたらいいかと若者から質問されたT・S・エリオットは、こう答えた。やめた方がいいよ、ひどい目に遭うから、と。いかにも生涯苦渋を嘗めつづけたエリオットらしい答えだ。

2

縁はどこにでも転がっている。石ころのように。拾うか、拾わないか。それが問題だ。

ある日、三十歳を過ぎて定職を持たぬわたしがアルバイトをしていた出版社の編集部に辻征夫がふらりと現われた。道を間違えたわけではない。出来上がったばかりの第二詩集を取りにきたのだった。

いったん辻征夫と知り合うと、あとは早かった。芋蔓式に國井克彦や井川博年と親しくなった。まるで旧知のように。井川は早くに二十代半ばで結婚して定職についていたけれど、辻とわたしはフリーターで独身。國井さんは二度目(?)の結婚をしたばかりの新婚さんだった。なにがおもしろいのか、三日にあげず新宿、上野、日暮里、浅草と飲み歩いた。安酒を。暇だったんだなあ。いったい、なんの話をしていたのだろうか。詩の話はあまりしなかったような気がするけど。

3

たまたま辻征夫を知ったことによって焼き芋式に、否、芋蔓式に國井克彦と井川博年とを知ったわけだけど、驚くことに早熟な三人にはすでに十年以上の詩的経歴があった。十代からの友人だったのだ。

「現代詩手帖」が創刊されたのは一九五九年だけど、その前に「文章俱楽部」(のちに「文章クラブ」「世代」と改題）という投稿雑誌が出ていた。その読者や投稿者たちを中心にして「明日」という同人誌が出され、なんと全国各地から五十人以上の詩人たち（の卵？）が集まったという。もちろん國井克彦や辻征夫、井川博年もそのなかにいて、交友を通じて切磋琢磨して、自らの詩的世界を確立していった。現在はいざ知らず、昔はまず雑誌に投稿し、そこで知り合った者たちが誘い合って、同人誌を出すというのが一般的なコースだったのだ。そのころの國井克彦をよく知る人物の貴重な文章があるので、それに耳を傾けてみたい。

〈「明日」の仲間には幸福という勲章をぶらさげている詩人はひとりもいない。詩壇をおどろかすような秀才もいなければ、一流会社のサラリーマンとして社会の谷間を渡る達人もいない。要するに現代社会の一級品はここにはいない〉という木原孝一の発言に対して）「たしかに「明日」「銛」の詩人たちには、世間でいうところの優等生や秀才はいないかも知れぬ。しかし私は、名もなく貧しく美しく、——とは彼ら彼女らを簡単に括りたくない。不幸で貧しかったのは、戦後の痛手が社会的にまだ十分に癒えていない時代そのもののせいでもあった。世間的に陽の当らないものが、世間的に陽の当らない詩というかけがえのないものを選びとる。それこそ、「詩的行為」そのものではないか。行為よければすべてよし、といっているわけではない。行為の彼方に、彼らはすぐれた作品を確実に実らせていったのである。彼らにとって詩は、単純な、生きるための道具などではなかった。生涯をかけるに足る永遠の宝庫だったのである。

たとえば私の耳朶には、いまでも國井克彦のあの断崖に立った無垢な少年が奏でる切々たる魂のひびきが残っている。

ぼくらから去って行ったものを
ぼくらは追わない
ぼくらから去って行ったさびしいものを
ぼくらは愛さない
本郷森川町の
陽もとどかぬ狭い急な坂を
そうしてぼくらは降りてゆく

（「ぼくらの日」）

この詩は「やがてぼくらは心中する／陽もとどかぬ狭い急な坂を降りきり／ぼくらは死ぬ」というフレーズで終わっている。人生の出発を告げる輝かしい十代の終わりに、この生得の詩人はなぜ、かかる訣別の歌を歌わなければならなかったのか。ひととの不和、陽のとどかぬ孤独な道、固有の世界に降り切ったところに待ちうけている死。この深いペシミズムを、他人はどうして慰藉することができようか。それは自分自身で背負いこんでいかなければならない十字架なのである（後略）」（小田久郎『戦後詩壇私史』）。

この文章にはつづきがあって、さらに、「酬われぬ詩人たち」と題して國井克彦と井川博年と辻征夫の三人を論じた魅力にみちた文章に移行するのだけど、興味のある者は直接読んでほしい。

4

実をいうと、初めて三人と顔を合わせたとき、ぜんぜん他人のような気はしなかった。すでに、はるかその前にかれらの名前と作品に出会っていたからだ。

二十歳を少し過ぎて遅ればせながら「現代詩手帖」に投稿を始めたわたしだったけれども、ぜんぜん入選しない。それに対して井川博年はいつも〈特選〉でトップに載っていた。ビートニックな詩で、わたしの憧れだった。

辻征夫とは渋谷の宮益坂の上の詩書専門の中村書店で出会った。『学校の思い出』と題された第一詩集が表紙のカバーも剝がされて百円均一のワゴンでうたた寝をしていたのだ。一読、同類のような親近感を抱いた。

そして、國井克彦だけど、「詩学」に載っていた「あなたよ　渋谷です」という恋愛詩になによりも強い感動を受けた。そのときの衝撃がいまだに強く残っているほどだ。

渋谷です
またまた工事中です
ぼくが工事に従事しているわけではないけれど
すばらしい地下街ができるそうです
ぼくはその日をたのしみにしています

かえらぬ主人を永久に待つているのは忠犬ハチ公です
（「あなたよ　渋谷です」第一連）

昔、国鉄山の手線の各駅を読み込んだ「痴楽綴り方教室」というのがあったけど、國井克彦の「あなたよ　渋谷です」というのはかれが住んでいた渋谷から始まって山の手線を内回りに二十八駅を順々に巡った一四九行の恐るべき詩。そこでは定職を持たず、アルバイトに明け暮れる勤労青年の不安と恋心とがえんえんと歌われていて、読む者の心を切なくするのだった。國井克彦というといつもこの詩を思い出すのだ。長いのが難だけど、「文庫」にぜひとも収録してほしかったなあ。

5

安部公房、清岡卓行、財部鳥子、三木卓など、植民地生まれの詩人・作家は少なくない。生涯、転居を繰り返した國井克彦はどこへ行ってもいつも居心地の悪さを感じていたらしく、ひと所に落ち着かなかったのは、故郷喪失のなせる業ではなかろうかと思うことがある。この文章を書いているいまも、ふたたび新しい場所に移ろうとしている始末なのだ。

詩人といえば、ダンテ以来、故郷を追われ、故郷へ帰られない存在だという思いがする。近くは故郷に二度と帰れなかったエズラ・パウンドがいるし、米国から英国に国籍を移しながら終生異邦人の意識に悩まされたT・S・エリオットがいる。國井克彦がいつも悲哀につつまれているのは、実存的不安だけでなく、故郷喪失者特有の表情のような気がするのだ。

國井克彦の詩の特徴である憧憬《しょうけい》と郷愁は故郷喪失からも説明できるように思う。失われて二度と帰れぬ生まれ故郷への憧憬と郷愁。ただ郷愁《ノスタルジー》というとなにか後ろ向きの消極的な感情のように思う者が多いけど、語源的にはノスト＝帰郷、アルゴス＝痛みというものであって、人間を生かしめている根本的な生命力なのだ。

6

独特な語釈で人気の『新明解国語辞典』をひくと、こんなのが出ていた。

し【詩】①〔文学の一形態として〕自然・人情の美しさ、人生の哀歓などを語りかけるように、また社会への憤りを訴えるべく、あるいはまた、幻想の世界を具現するかのように、選び抜かれた言葉を連ねて表現された作品。

方法にはまったくふれていないけれども、テクニックよりも真情を読み取ってほしい抒情詩人の國井克彦としてはおおよそほぼだいたい納得できる語釈ではないだろうか。

7

語釈がおもしろいので、『新明解』からもうひとつ別の項目もひいてみた。

しじん【詩人】作詩の上で余人には見られぬ勝れた感覚と才能を持っている人。

これを読んで、わたしはびっくりし、驚愕した。語釈があまりにも國井克彦にぴったりと当てはまるので。生まれながらの詩人。天性の詩人。國井克彦ほど、詩人という称号にふさわしい存在はほかにない。「文庫」を読んでいて、切なくなった。思わず涙ぐんでしまった。ドライアイの人間としては滅多にないことだ。これほど詩に取り憑かれ、詩への愛に生きた者をほかに知らない。かれにとって、詩を書くことは生きることであった。いっとき店頭で焼き鳥を焼き、クラブや出版社を経営したとしても、それは仮の姿であって、詩人以外にかれの姿はないのだ。詩人というのは國井さんのためにのみある言葉とさえ思えるのだ。プディングの味は食べてみた者にしかわからない。「文庫」巻頭の一篇「詩」を読んだだけで、だれでもすごい詩人だと思うはずだ。

8

詩は投壜通信だと、シベリアの強制収容所に姿を消したオシップ・マンデリシュタームはいった。海に投じられた詩の壜は深い海の底にねむってしまうかもしれないし、砂に埋もれたまま永遠にだれの目にもふれることがないかもしれない。だけど、どこかの浜辺に漂着し、だれかの手によって拾い上げられて読まれるかもしれないのだ。

9

このごろ、たまたま、パウル・ツェランと石原吉郎の詩を読んだ。そこで確認したことはかれらにとって詩はつねに希望であったことだ。どんな詩人にとっても詩はいつも希望なのだ。もちろん、國井克彦とて例外ではない。

10

静かな深夜、悔恨とも矜持ともつかぬ呟きがどこからともなく聞こえてくる、詩人になんかなるんじゃなかった、と。

（2016.3）

抒情の達人

高田太郎

國井さんとの出会いは昭和五十年代、発行人土橋治重による詩誌「風」の同期の同人となったときである。当時、「風」には犬塚堯、風山瑕生、鎗田清太郎、三井葉子、新井豊美、山田隆昭など錚々たるメンバーが名をつらねていて、全国的にも評価の高い詩誌の一つであった。國井さんとは神田のトミー・グリルでの同人会で一緒になった。彼と私は同世代で、同人の中では若手のほうであった。その「風」も平成五年、発行人他界により一二九号で終刊となった。それまで三十年間、一度の欠号もなく季刊を守り続けてきた発行人の情熱と努力は驚嘆に値するものであった。その後まもなく「風」の後継誌ともいうべき「花」（発行人・呉美代）が発行され、彼と共に私も創刊同人になった。以来、詩友として交誼は今も続いている。

國井さんも私も昭和二十年代後半の高校時代には投稿

少年であった。若者向けの雑誌や受験雑誌でよく彼の名を見ていたし、特に十代から二十代にかけて、文学入門雑誌「文章クラブ」（思潮社）での活躍は目を見はらせるものがあった。若くして早々と新鋭詩人として名を高らしめていたのである。その若き日の詩活動の状況と作品を掲載誌や詩集を通して少しばかり本稿でふれてみたい。

もっとも初期の作品をまとめて読める詩集は『丘の秋』（ミッドナイト・プレス）であろう。本集には第一詩集『ふたつの秋』（思潮社）発行以前の十六歳から十八歳までに書いた五十一篇が収められている。当時、目に映った社会現象や少年の一途な思いが抒情ゆたかに表現されていて興味深い。その中の一作を挙げると、

九月六日午後四時

青空を渡って行く白い雲は
やけに自由で大きくて
素晴らしくのんきな奴だ
あんなに広々としたチリ一つない大空が
皆あいつの世界だなんて
全く幸福者だ
だからかも知れない
俺の故里はあいつにしか分らないんだ
ねころんで空を仰いでいると
眼がだんだんきれいになって行く
白い雲が俺の眼を
こんなにもきれいにした一時《ひととき》
九月六日の午後四時よ
今頃遠いあの人は
畑もある山もある川もある海岸もある
美しい城下町を
学校から帰って行くところかも知れない

少年にとって空と雲ほど自由気ままな思いをいだかせるものはない。この作品にはなんの技巧も衒いもない。まさに少年の心そのものである。本集には空、雲のほかに少女、故里、秋、道、汽車、夜などの語が頻出し、やや詠嘆的なポーズで書かれているが、このセンチメント

こそ彼の天性で、以後この抒情精神はゆるぐことはない。
昭和三十二年、十九歳になってさらに詩作に磨きがかかる。その詩活動の中心になったのが「文章クラブ」である。一例としてその年発行の二月号に伊藤信吉、鮎川信夫の推薦によって掲載された作品を見てみよう。

ぼくらの日

ぼくらから去って行ったものを
ぼくらは追わない
ぼくらから去って行ったさびしいものを
ぼくらは愛さない
本郷森川町の
陽もとどかぬ狭い急な坂を
そうしてぼくらは降りてゆく
秋には汽車がゆったりと走り
稲田の真ン中でやさしかったのは
神ではなく
母ではなく
ぼくらのはつらつとした風だった
ぼくらのあのはつらつとした風のなかで
日々ぼくらは生きながらえた
(以下略)

長いので全行を挙げることはできないが、青春期の幸福、愛、苦悩が観念的な上すべりでなく具体的な経験を通して描かれているので、風や少女が出てきても甘さを感じさせない。
翌年の昭和三十三年には文章クラブ編集部によって「文章クラブ」復刊十周年を記念して単行本形式のアンソロジー『現代日本新人詩集』(思潮社)が刊行された。國井さんをはじめ、中鉢敦子、佐々木双葉子、辻征夫、平田好輝、星野元一、好川誠一、石原吉郎など四十八名の作品が収録されている。國井さんのように「文章クラブ」の年度賞受賞者や特に推薦された者の作品のほか、全国詩誌やグループからよせられた多数の寄稿参加作品の中からも選ばれている。いずれも新進気鋭の詩人の作

だけあって、既成にとらわれない自由で斬新な発想の詩が多い。巻頭の詩が國井さんの作品であることも注目されよう。その作は、

秋について

あおい空の　したには
東京の　みしらぬ住宅地があつて
さびしい板塀の影をふむと
おまえは　いつも
いつさんに逃げていつた

十五のとき　せたがやの
それは下馬だつたり
中里だつたり
あるいは名もしらぬ　路地だつたが
あかるい　その秋から
おまえは　いつも
いつさんに逃げていつた
どこへ　逃げていつたか
おまえは　透明な空へ
かえつていつたか
どこへ　消えていつたか
だれも　ぼくも
探しようがないのだつた

（以下略）

そしてついに昭和三十四年著者二十一歳のとき、第一詩集『ふたつの秋』が思潮社の新鋭詩人叢書の一冊として発行された。上製本六十二頁、定価二百円。過去二年間に「文章クラブ」や「詩学」などに発表した十一篇が収録されている。木原孝一が解説の中で「ふるさとのない現代という地表の奥深く生きる詩人の戦後のひとつの精神史がしるされている」と書く。巻頭の作「あなたよ　渋谷です」は山手線の各駅名を挙げて、その駅と作者の生活との関わりをノスタルジックに描いた百八十行にわたる長い詩だが、彼の住む渋谷が本元で、その一節

を挙げれば、

渋谷です
東京中がぐるぐるまわる山手線が好きな
わけではないけれど
ひとまわり　東京中をまわり終えると
くたびれて
山手線は惰性でまわっているのかも
しれない
そうしてぼくの十代も終ります

渋谷です
あなたよ　もうあなたがいるので大丈夫
だけれど
ふたりに夕日は落ちてくるけれど
ぼくらのうしろに立っているのは
なんの亡霊のなれの果てか
どこの国の王様か
大きなやつ
氷るようなやつ

生まれた土地でもないのに彼の本籍地となっている渋谷への奇妙な同化と一体感、そしてほのぼのとした愛惜が感じられる。

國井さんが詩を書き始めたのは昭和二十八年、十五歳のときからだという。それから延々六十余年、詩神に魅せられたかのように詩作を続けてきたが、彼の詩がことごとく抒情詩であったことはおそらく彼の信条からではなく、天分によるものであろう。もちろん彼の抒情は単なる感傷や詠嘆ではなく、詩人内部の核心である詩的情調を形象化したものであることはいうまでもない。まさに國井さんは〈抒情の達人〉というにふさわしい詩人である。さらに別名を付けるのをゆるされるならば〈秋の詩人〉ということになるだろうか。

以上、國井さんのもっとも多感な二十歳前後の詩との関わりのほんの一端を私の知る範囲で書いてみたが、少しでも國井詩に迫るものがあったらうれしい。　（2016.2）

失われた世界を生きる詩人

八木幹夫

＊はじめに

國井克彦に出会ったのは一九八五年の夏の終わりだったろうか。いつも新宿の某居酒屋で井川博年、辻征夫、中上哲夫らと映画や小説や詩の話を肴に飲んでいたのだが、或る時、一泊二日で奥多摩の御岳渓谷《みたけけいこく》に行こうということになった。ここはその二年ほど前（一九八三年十一月）に米大統領ロナルド・レーガンと当時の首相中曽根康弘が別荘「日の出山荘」でいわゆる「ロン、ヤス会談」をおこなった場所。現地集合ということだったので、その山荘近くの宿坊に泊るために私たちは青梅線と専用バスを乗り継いでやってきた。くだんの男もほぼ同時刻に宿坊の駐車場から紙袋一つを提げて現れた。

十代の頃から井川博年の友人ということで噂はたびたび聞いていたが、井川の短軀、多弁（井川さん、失礼！）に対し、國井は長身巨軀で寡黙。頭はパンチパーマ。挨拶をしたが、表情は変えず、返事もない。提げている紙袋の中身はすべて男性化粧品。この男が辻、中上がいつも面白おかしく話していた人物。正直な話、極道の親分かと思った。酒宴が始まり、自己紹介をするわけでもなく、井川の饒舌を聞き流しながら黙々と酒を飲む。干渉されるのは嫌いだと言わんばかり。しかし、よく見ていると時々辻や中上の冗談にわずかに口元を緩めている。厠を出て、宿坊のやたらに暗い迷路のような廊下を戻る際、ぬっと前に立った彼の巨軀に驚いたが、相変わらずの無言。宴席の方から響く甲高い声をたよりに席に戻る。

翌朝は御岳鍾乳洞に行くことになり、全員が國井の車、ローレルに乗り込む。運転手を除く四人の中で私だけが免許取得者だったので、助手席に座った。この出発が問題だった。誰も安心し切って乗り込んだが、車を発進させる様子がおかしい。初心者と直感したが、時すでに遅し。いったん前に出たが右に曲がり切れず、バック。ゴツンと音がした。隣の車のバンパーと右のライト部分に傷がついた。彼はおもむろに車を降り、自分の車の後部を見てから後ろを振り返った。ぶつけられた車の若い男女が憤然と車から出てきたが、彼のヘアスタイルと巨軀を見て俯いてしまった。そのまま駐車場を出た私たちはしばらく気まずい沈黙。ボソッと「たいしたこたァないよ」と本人。全員爆笑。彼は表情ひとつ変えず時計の角度、九時十五分にハンドルを握ったままだ。「クニイはまだ右折がうまくできないんだぜ。これから目的地に着けるんだろうか」。これが初対面の印象である（「運転技術」「堀ノ内の枝豆」を参照）。

＊＊新橋裏通り

一九九六年八月に『雨の新橋裏通り』（創樹社）という日録小説を発表。サブタイトルが「アダルトショップの四千日」とある。男たち（男に限らず）の助平心をくすぐる。ほぼ実録ドキュメントであり、通称「大人のおもちゃ」の店長日記。こういう所に勤める人物が詳細な日記を書いてはいけない。秘密裡にこっそりやってくるお客はたまったものではない。しかし、彼は常日頃、寡黙。余計なことは一切言わない。おどおどしている者もいれば、堂々と女性を喜ばせる性具をまとめ買いする者もいる。店内の客とは意識的に視線を合わせない。それが礼儀だ。四千日のキャリアが國井店長を寡黙にしてきたのかもしれない。性の問題はどんな聖職者、大学教授、政財界人、芸能人であろうと一筋縄ではいかない。様々な人々が店内で珍品を物色する。その姿を冷静、的確に観察。寡黙であると同時に精緻に描写する文才のあることが怖い。人間の闇の生態がつぶさにわかる。いっときKプロダクションから映画化したいという話が持ち上がった。某有名俳優兼映画監督の「パンツの中にいつのまにか大麻が入っていた」発言やその急死などで立ち切れになった。タイトル名の一部は現在「新橋裏通り」として毎日新聞の川柳コーナーを賑わす堂々たる川柳作家名。俳句では裏通《りつう》という俳号も持つ。

B29現れそうな澄んだ空　　新橋裏通り
（季刊「万柳ファンブック」八七号、テーマ「戦争」、二〇一五年六月、毎日新聞社刊）

台湾北部、基隆《キールン》生まれの外地から八歳の時に引き揚げてきた國井に日本の空がどう見えたのか。現在も戦争の気配が消えない空であってみれば、B29の爆音や機影を想起することもあながち幻聴、幻視とはいえない。

鎌倉の月鎌倉時代の月　　裏通

余白句会の兼題「月」に応じて作った句だが、同じ月でも鎌倉時代の月と云われた途端、腰に脇差、紋付袴のいで立ちが浮かび、芒の原に、ならぬ恋の相手まで見えてくる。過去の時間を現在の時間の中に詠み透す多才な一面をみせる。

＊＊＊台湾北東部、宜蘭《イーラン》の海――失われた世界

『戦後詩壇私史』（小田久郎・新潮社一九九五年刊）「酬《むく》われぬ詩人たち」の項には辻征夫、井川博年、國井克彦らの若き日の姿が描かれている。青年期の小田久郎もまた詩を志した編集者だが、この時代の詩人たちの姿に自分の青春を重ねていた気配もある。当時の國井はその長身と美青年ぶりとで他を圧する気配があった。早逝した杉克彦は國井に憧れてペンネームを克彦にしたという。詩とは若き日の過ちかそれとも熱病か。一九六〇年代、七〇年代はまさに日本の政治、文学上でも社会全体が動乱の「地獄の季節」（アルチュール・ランボー）。若者は「詩」に飢えていた時代でもあった。

音もなく窓がひらいていった
海がひろがっていた
小さな島がすぐ眼のまえにみえる
島に小高い丘があり
子供たちがあそんでいる
大人がたいくつそうにそれをみている

風が青い
海が灰いろ
ふしぎにあかるいぼくを支える空気
ああ　なみだがあふれる

（詩集『海への訣れ』「海をみる日」冒頭部分）

六〇年代初頭の作品。ここで見ている「海」は日本の海ではない。かつて日本の統治下にあった台湾、宜蘭《イーラン》の港。そこから眺めた小さな島。このあとに置かれた一行「ああ　なみだがあふれる」との間には時間的懸隔がある。八歳の少年時に見た風景の窓が音もなく開く。二十歳代の目から涙があふれる。センチメンタルな世界に思えるが、この連のあとに「ぼくにしかみえぬ馬鹿な風景」と自省的に世界をとらえている。敗戦後、台北で警察官をつとめた父親は廃墟と化した東京に移り住む。外地引き揚げの國井少年のこころをとらえて離さないものは失われたふるさとの風景（未刊詩篇「わが台湾三峡」）。目前の日本の現実に違和感を覚えつつ育っていく。アドレッセンスのたゆたい。外なる自分と内なる自分の相克に悩む。あのとき、あの場所に流れていた「空気」こそが自分を支えてくれたのだ。この台湾北東部の世界は度々、國井の心によみがえる（詩集『月明かり』の諸詩篇）。

＊＊＊時代の空気――生きた現実

実はこの「空気」こそ詩人が掬いとるべきことなのだ。美文化されたり、論理化されたり、映像化された途端、この「空気」は雲散霧消する。少し横道に逸れるが、近年の戦前戦中戦後の歴史回想番組や文章に書かれた史実解釈などにふれると、結果としての事実は確かにその通りだが、そこに流れていた時代の「空気」が論者によって様々に読み替えられる。そこに意図的な「虚偽」を感じることがしばしばだ。國井はこの「空気」を愚直にも掬いとることのできる貴重な詩人だ。もはやロマンティックな抒情詩人ではあり得ない。東京が復興し、街が変容すればするほどに、この嘘くさい東京にいたたまれない虚しさを感じてしまう（詩集『東京物語』）。自分が今、現在、ここにこうして存在し得ているのは異邦の「あの空気」に包まれていたからだ。あの永遠性を國井は信じる。詩の垂直性と純粋。

しかし、詩の純粋には危険な毒がある。金銭感覚や生活力の希薄さがやがて破綻をもたらす。借金や負債に追われたり、家庭や友人とのトラブル。かつて文学にまつわる神話には破滅型の無頼や貧しさや不幸が当たり前だった。それが「時代の空気」だった。國井は真っすぐにその空気を呼吸し生きて来た。國井と杉克彦が創刊した同人詩誌「銛《もり》」には丸山辰美、井川博年、辻征夫ら多くの若い詩人が集まり、その時代の空気を生きた。辻はかつて「労働と詩は矛盾する。詩を書くためには勤勉な労働を放棄する覚悟がなければならない」とまで言い切っている。それほど当時の詩人たちは詩の純粋を信じてもいたのだ。

　國井の詩や散文詩にはやや凝縮度の欠けた面もみられるが、そこに貴重な詩的真実があることを見逃してはならない。整理整頓された歴史は「生きた現実」ではないからだ。時代の空気が奪われる。朗々と歌われた詩には嘘臭さが付きまとう。國井作品の後半部（近作）を読んでいるうちに闊達なリアリストの面があることに気付いた。

浅草松風は酒を一人三杯までしか飲ませない
くぃくぃくぃ！　今宵は剣菱よりも男山だね
東京にしんしんと雪が降り
浅草はしんしんと冷えて来た
いやあ北海道みてえだなあ
と知らぬ男が言う
袖振り合うも他生の縁
北海道の方《かた》ですか
そうじゃねえけどよ
は？
おたくクニはどちらで
わたしクニちゃんて呼ばれてんだけど
たくぅ、ふるさとだよ
えーと？
考えるこたあねえだろ、ふるさと！
東京かなあ
そのかなあってのはナンなんだよ
だって本籍地だから
生まれ故郷ってやつよ
へ？　じゃタイワンね

（詩集『東京物語』）「浅草冬景色」前半部分）

浅草「松風」での酔客との対話。このあと、二人の言葉のやりとりは「江戸っ子っていいなあ」という最終行までつづく。ここにあるのは寡黙な國井とは異なる、饒舌体の詩だ。小気味よく頭の回転も機敏。期せずして笑ってしまう。生い立ちや過ぎ越し方も垣間見える。散文体で「東京」が活写されている。

それにしても國井克彦の長身の後姿に生じる小さなつむじ風のような哀愁。あれは一体なんだろう。選詩集のどの一篇にも隠れているひっそりとした陰翳と寂寥。國井さん、イーランの「イカリソースいろした路地」が私にも見えてくるような気がしますよ。

（2016.2）

見つからない手紙

金井雄二

國井克彦さんはやさしい人だ。誰が何と言っても、心やさしい抒情詩人だ。

もちろん詩をずっと読んできたから感じたことなのだが、それ以前に思いだす一通の手紙があった。

國井さんは一九三八年生まれだから今年七十八歳になるわけで、ぼくは一九五九年生まれなので二十歳以上も離れている。父親とまでは言えないが（言ってもおかしくないかな）、大先輩だ。國井さんからしてみれば、ぼくなんかはいつまでたっても鼻水を垂らした子どもでしかない。そんなぼくにも、本当に低い視線から声をかけてくれる、そういうやさしさを持っている人なのだ。

ぼくが詩を書き始めてから、八木幹夫さんを知り、中上哲夫さんに会った。それから有働薫さん、辻征夫さんや井川博年さん、八木忠栄さんと知り合っていく。言わずと知れた余白句会のメンバーだ。当然、國井さんも余白句会に参加していたので、そこでお会いしたのが最初だと思う。ぼくは俳句は作らないので、もっぱら清記人を務めたり、お酒の場所にのこのこ付いていったりするだけだったが。本当は、仕事の休みが取りにくかったり、俳句も詩もヘタクソだったりしたもので、気が引けたのだ。それに余白句会のメンバーはなんといっても大先輩ばかりであり、すでに風格もある詩人達なのだ。同学年の木坂涼さんだって、当時はすでに絶好調の若手詩人だったし。そんな中、ぼくがひょっこり顔を出すのも、なんだか身が縮む思いがしたのは確かだった。詩を書いてはいたものの、本当に無知の極みで、先輩詩人からはいろいろなことを言っていただいて教わることばかりだった。それはうれしいことではあったが、正直、少し辛いことでもあった。

そんな時、ぼくは國井さんから手紙をいただいた。内容は、つまりはぼくに対しての激励の言葉だった。……皆からいろいろ言われても気にすることはない、自分を信じて詩を書き続けてください……かいつまんで言うならばそのような内容であったと記憶している。とってもうれしかった。普通、詩集のお礼状や、連絡事なら文をしたためることはするだろうが、二十も年の離れた駆け出しの、詩を書く若僧にわざわざ手紙を書くだろうか？どうしてそのような手紙を書いてくださったのかはわからないが、先輩風を吹かすとか、自分の自慢話をするとか、そういう類いの手紙ではなかったことは断言する。詩のことを常に考え続けている人間だからこそ、書かずにはいられなかった手紙なのかもしれないと思った。ぼくはそこに詩人の心のやさしさを感じ、純粋さを見たような気がしたのだ。この手紙を書いてくださった國井克彦という詩人を、ぼく自身のなかで、改めて見つめてみたいと思ったことに間違いない。手紙を機会に、詩を強く意識し始めることになったのだ。

たぶん最初に読んだ詩は『月明かり』（一九八八年、詩学社刊）の中の、冒頭の作品「白山通り」ではなかっただろうか。

運転席からの眺めは
運転をする者にしかわからないのは当然だが

この認識は正しくない
都内を毎日走る何万人ものドライバーが
運転席から眺めるこの空の美しさを
だれひとり口にしないのが
きょうも私には不思議でならない
という表現も正確ではない

（「白山通り」冒頭部分）

それまで多くの詩人のいろいろな詩を読んできたけれど、意外に自動車の運転に関係した詩は無かったように思った。印象に残っている一篇だ。そしてこの詩は今までの詩の表現を、というよりは、過去の抒情の殻をどこかで否定しているのではないだろうかという思いが湧きでて、それも心地よかった。

私生活についてはくわしくは知らないが、車が好きだということは知っている。乗っている車はローレルという車だと聞いた。詩集『月明かり』にはブルーバードがでてくるが、さてどちらが正しいのか。どちらも日産車でかなり大きめのセダンであろう。ぼくは車の運転はもちろん、オートバイも自転車も大好きなのだが、車の運転をしていて、詩のモチーフを得たことはない。乗りものから着想を得るのはおおむね電車だろう。電車は自分が自ら運転するものではなく、思考に余裕ができるからかもしれない。車の運転はそうではなく、状況に注意を払っていなければ危険が伴うから、詩どころではないのだ。「白山通り」という詩は、運転席からの眺めを、のちに回想して書かれているのだが、通常のドライバーが目にするようなものとは違う視点が、新しかったように思う。そして、この詩が載っている『月明かり』という詩集には車の詩、車の運転に関する詩も多い。運転と言えば、初期の作品にこんな詩もある。

長い長い貨物列車の機関士の眼が
都会のはずれで
宙に浮く
そのひかるものに
かれは知らん顔です
えんえん
どこまでつづいているのか　れーるにも

落ちていないかれの眼
まつくらな　風景です
風景です
ぼくの風景です

（「長い長い貨物列車の機関士の眼」冒頭部分）

この作品は一九五七年度の「文章クラブ」の「年度賞」に輝いた作品だ。「文章クラブ」は今の「現代詩手帖」の前身である。つまりは、今に例えると現代詩手帖賞ということになる。貨物列車の機関士の眼という、特異な視点が選者（村野四郎、木原孝一）に好感を抱かせたようだ。先ほど紹介した「白山通り」も運転席からの眺めであった。その共通点はさしひいても、この機関士の眼からみたという詩は「ぼくの風景です」という点において、初々しさとともに、その後、半世紀以上を詩に捧げつくしてきた、國井克彦という詩人を象徴する詩だったのではないかと思う。

詩を書き続けるということは、ひとつの素晴らしい才能である。いや、書き続けることによって、詩人になるのではないだろうか。自動車の運転や、機関士の眼は新しい視点だったかもしれないが、もっと特徴的なことを言えば、「海」、「秋」、「夕日」の三つを挙げなければならないだろう。抒情詩のもっとも基調なキーワードを、敢えて書き続けてきたと言ってもいいと思う。國井さんの詩に関して言えば、このキーワードは心の中から滲みでてくる必死の叫びなのだ。詩として成り立たせている、純粋な思想なのだ。そこには戦後、台湾での生活から引き上げてきたという経験も大きく影響しているかもしれない。たしかに言えるのは、この三つのキーワードがなければ、國井さんの詩ではないということだ。もしかして、この言葉の確立者ではないかと思うくらいだ。

そうして
ぼくは海と訣れた
もう若いたくましい肉体で
海を泳ぐことはないだろう
水平線の夏の雲の向こうに
きく音楽もない

すべてが終ったかのように
海への訣れを
かなしむ少女もいない

（「海への訣れ」第一連）

國井さんの使う「海」という言葉は、たんに意味されるつまり記号的な内容として表される意味の「海」とは根本的に違っている。いや、その言葉からイメージされるものは海であって海ではない。海の概念を使用しながら、そこに人生を二重に重ね合わせているとも言えそうだ。同じように「秋」や「夕日」「夕暮れ」または、「夢」などという言葉も同じ感覚で使われているように思う。読む側にとってはおなじみの言葉であるし、それ故、親しみがわくこともある。それを既定の意味の言葉としてだけ享受するか、もしくは、広がりを持ったものとするか、そこに読者の質も問われるかもしれない。「海」という単語がでてくることによって、ありきたりな表現だなあ……と感じる人は、そこで詩を読む資格を放棄しているのだろうと思う。

一人の、詩を命とする人間が一つの言葉に、つまり「海」という一言に、どれだけの重みをかけているかという、その重さを感じとる覚悟が読む側にあるかどうか、ということでもある。

先日いただいた近況の手紙の中に、「詩人とは一生わくわくしているのが必要条件ですね」ということが書かれてあった。國井さんこそ、一生わくわくしている気持ちをなくさない方だったのだ、とぼくはその時思った。そうでなければ、ここまでずっと詩を書いてこられなかったのではないだろうか。思いかえしてみると、ぼくが発行している個人詩誌「独合点」を送ると、だいたい返信をいただいていた。几帳面な字体と、ブルーブラックのインクが印象的で、それを見るとなんだかうれしくなった。ぼくはいただいたハガキ、手紙を捨てないタイプで、ファイルに放り込んで取っておく。個人誌「独合点」の礼状は、その号数のファイルにあるので、國井さんのハガキもすぐにみつかった。ただ、冒頭に書いた手紙だけがどうしても見つからないのだ。この数日、その手紙を探しているのだが、一向に出てこない。特殊な手紙だったので別のところにしまったのだろうと思う。ぼくのことだから、失くしてはいないはずだ。きっと必ずどこかに保管してあると思う。いや、でも、見つからない方がいいかもしれないな。心やさしい抒情詩人の証拠は、ぼくの記憶の中にひっそりと残しておこうと思う。

（2016.3）

現代詩文庫 226 國井克彦詩集

発行日・二〇一六年七月二十五日

著　者・國井克彦

発行者・小田啓之

発行所・株式会社思潮社

〒162-0842 東京都新宿区市谷砂土原町三—十五

電話〇三（三二六七）八一五三（営業）八一四一（編集）八一四二（ＦＡＸ）

印刷所・創栄図書印刷株式会社

製本所・創栄図書印刷株式会社

用　紙・王子エフテックス株式会社

ISBN978-4-7837-1004-2 C0392

現代詩文庫 新刊

201 蜂飼耳詩集
202 岸田将幸詩集
203 中尾太一詩集
204 日和聡子詩集
205 田原詩集
206 三角みづ紀詩集
207 尾花仙朔詩集
208 田中佐知詩集
209 続続・高橋睦郎詩集
210 続続・新川和江詩集
211 続・岩田宏詩集
212 江代充詩集
213 貞久秀紀詩集
214 中上哲夫詩集

---

215 三井葉子詩集
216 平岡敏夫詩集
217 森崎和江詩集
218 境節詩集
219 田中郁子詩集
220 鈴木ユリイカ詩集
221 國峰照子詩集
222 小笠原鳥類詩集
223 水田宗子詩集
224 続・高良留美子詩集
225 有馬敲詩集
226 國井克彦詩集
227 暮尾淳詩集
228 山口眞理子詩集